방방곡곡 길을 걷다

방방곡곡 길을 걷다

글 | 김찬일
사진 | 김 석

발행 | 2020년 6월 15일

펴낸곳 | 도서출판 학이사
출판등록 | 제25100-2005-28호
대구광역시 달서구 문화회관11안길 22-1(장동)
전화 _ (053) 554-3431, 3432 팩시밀리 _ (053) 554-3433
홈페이지 _ http://www.학이사.kr
이메일 _ hes3431@naver.com

ISBN _ 979-11-5854-236-8 03810

이 도서의 국립중앙도서관 출판예정도서목록(CIP)은 e-CIP 홈페이지와
(http://www.nl.go.kr/kolisnet)에서 이용하실 수 있습니다.
(CIP제어번호: CIP2020023772)

김찬일의 인문 기행

방방곡곡 길을 걷다

글 김찬일
사진 김 석

學而思│학이사

호모 사피엔스가 지구에 등장하고 지금 가장 풍요롭다. 온갖 물질적인 혜택에 푹 젖어 있으면서도 인간은 정작 상실과 소외감을 느낀다. 군중 속의 고독이라고 하기도 하지만, 인간 욕망의 무한성이 잠자지 않는 한, 인간은 항상 목마름과 욕구의 결핍에서 헤어나지 못할 것이다. 이뿐만 아니라 인간은 반독거성(半獨居性)과 반사회성(半社會性), 지성(知性)과 욕망(慾望)의 충돌로 언제나 갈등과 경쟁에 시달린다.

이러한 생존의 에너지가 인간을 진화시키고 심지어 신(神)의 경지에까지 이르게 하는 영성 발달의 근본 힘이 되어 온 것도 사실이다. 다음으로 인간이 가지고 있는 가장 큰 특징은 다양성이다. 인간이 얼마나 다양한가는 그 직업의 종류를 보면 안다. 뿐만 아니라 문학, 예술, 건축, 종교와 삶의 방법만 살펴도 쉽게 이해할 수 있다.

이렇게 파악한 인간이 어떻게 살아야 가치 있고 행복하게 살며, 그 주어진 단 한 번의 일생을 가장 가치 있게 살 것인지에 대한 해답의 실마리를 찾아보도록 하자. 앞에서 진술한 바와 같이 인간 본능은 기본욕구가 성취된다고 멈추어지는 것이 아니다. 기본욕구가 충족되면 오히려 더 높은 단계의 욕구를 갈망하는 것이다.

따라서 어디까지인지도 모르는 미답의 시간과 공간을 탐험하는 끝없는 모험심 때문에 인간은 드디어 우주공간에까지 진출하고 있다. 인간이 달나라, 화성, 이어 태양계를 정복한다 해도 그들의 모험심은 거기에 그치지 않고 더 먼 우주로 달려갈 것이다.

문제는 이러한 엄청난 성공과 진화에도 불구하고 인간의 내면은 항상 불안하고 죄의식을 느끼며, 소유욕의 충돌로 면역력이 떨어져 병약해진다는 것이다. 본 저서는 이 점에 초점을 맞추어 만들어졌다. 즉 걷는 것, 걸으면서 경험하는 다양한 갖가지를 의식화하여 치유와 깨달음을 얻는 것이다.

걷기인 트레킹을 통해 참 지식인 경험을 체득하고, 전설과 꿈, 말하자면 기호와 상징으로 이루어진 유적과 자연을 답사하여 우리 내면의 무한한 에너지를 끌어내어 의식화한다는 것이다. 이렇게 되면 의식과 무의식이 일체가 되고, 무의식에 잠재되어 있는 무한한 가능성과 힘, 신적인 능력까지도 자기화 즉 개성화할 수 있다는 것이다.

오늘도 바쁘게 살아가면서 자기를 보지 못하고, 심지어 중병에 걸려서도 자기 병을 모르는 사람들에게, 이 책이 안식일처럼 명약(名藥)이 될 수도 있을 것이다. 단 항상 자기를 보고 있고, 자기를 읽고 있는 사람에 한해서이지만 말이다. 아무리 좋은 트레킹 로드를 걸어도 자기를 알지 못하고 걸으면, 그건 하나의 시간 소일에 불과하며, 추억이라고 하는 흑백 사진을 기억에 한 장 더 첨가하는 데 불과할 것이다.

어떻게 걷는 것이 가장 좋을까. 이미 잠깐 언급했지만, 답사 현장을 경험하면서 동시에 자기를 보고, 내면과 만나면서 걸으면 가장 이상적이다. 그러나 누구라도 자기가, 자기 안에 있는 황금종을 치면서, 또 그 울리는 소리를 쉽게 듣지는 못할 것이다. 그게 쉽다면 누구라도 예수, 석가, 공자, 소크라테스가 될 수 있을 것이다. 자기 안의 것이면서 자기가 모르는 미지의 것들. 즉 황금종과 그 소리, 골고다 언덕의 십자가, 그리고 낙동강 상류 황지처럼 분출하는 내적 에너지. 이런 미지의 것은 무의식에 저장되어 있는 잠재적인 나의 무한 보물인 것이다.

본 저서에서 말하고자 하는 것은, 트레킹을 통하여 이렇게 저장된 내적인 무한에너지를 퍼올려, 의식과 무의식적 에너지가 통합할 수 있도록 하여 전일체를 만드는 것이다. 즉 기호와 상징, 예를 들면 사찰의 부처님이 함유한 의미, 교회의 십자가가 가진 신적인 영성, 네 이웃 사랑하기를 네 몸같이 하라는 황금률 등. 자기를 보면 볼수록 더 면밀히 깊이 볼 수 있는 숱한 기호와 상징을 체험하고 터득하여, 자기의식과 무의식을 교량과 터널로 연결하는 것이다. 그래서 의식과 무의식이 서로 교류하고 소통하여 하나의 전일체를 이루고, 완전한 자기가 되는 것이다.

이러한 깨달음으로 걷는 트레킹이 나의 내적완성을 향한 치유와 힐링이고, 인간 최고의 가치인 영성으로 가는 진화임을, 많은 현장 답사에서 확인하였다. 물질이 범람하여 인간이 그 본성을 잃고, 황금만능주의 늪에 빠져 있는 것을 십우도의 소처럼 진정한 자기를 찾아 영성의 완성으로 다가가는 그 길을 알려주는 게 이 책 저술의 큰 목적이다.

2020년 6월
김찬일

2부 _ **바다**

3부 _ 길

1부

산

만해가
독립선언문 초안을 쓴
역사 장소

봉명산 다솔사
ㅡ 경남 사천

비가 내렸다. 꿈과 만나고 꿈을 물레로 자아올려 현실에서 베
짜기하는 봉명산 다솔사 고려석굴로 트레킹을 떠난다.

장군대좌혈 명당에 있는 다솔사의 안락한 정경. 오른쪽에 황금편백나무가 있다.

차는 노구의 몸을 쿨럭거리며 머리 풀고 있는 삼나무숲을 지나는데, 제법 큰 미석에 어금혈봉표(御禁穴封標)가 보인다. 1890년(고종25) 어명으로 다솔사 경내에 혈(穴, 묏자리)을 금지한다는 표석이다. 봉명은 군왕(君王)을 상징하는 봉황이 비약하는 울음을 울고, 다솔은 많은 사람을 거느리고 다스린다는, 풍수상 발복이 크게 일어난다는(성한 곳임을 뜻하는) 곳이다. 하여 사세가 미약하던 조선 후기에 이곳에 묘를 쓰겠다는 권력자가 잇따라 나타나자 어명으로 그것을 금지한 것. 잠깐 차에서 내려 탐방하고, 다솔사 주차장에 도착한다.

우리나라에서 가장 아름다운 계단이라는 다솔사 계단을 오른다.

먼저 눈에 들어오는 건 찻집이다. 다솔사 그 찻집. 돌부리에 발을 다쳐 창가에 앉아 덧없는 세월을 마신다. 지나간 사랑은 애틋한 것. 7월 그 찻집에 가면 왜 한숨이 나는 것일까.

다솔사에는 '다섯 개의 멋진 밭'이 있다. 솔밭, 차밭, 대밭, 명당에 부는 바람밭, 살아온 날들이 그리움이 되는 그리움의 밭. '차반향초(茶半香初)', 송나라 시인 황산곡의 시구(詩句)가 쓰여있다. '정좌처다반향초(靜坐處茶半香初) 묘용시수류화개(妙用時水流花開)', 고요히 앉은 곳에서 차를 반나절이나 마셔도 향기는 처음 같고, 미묘한 작용을 할 때 물이 흐르듯 꽃이 핀다는 뜻이다. 글씨는 추사 김정희의 솜씨다. 그 미려한 글과 글씨에 감탄한다.

장군대좌혈의 명당인 절 마당에 들어선다. 우담바라가 피어 유명했던 대양루를 살핀다. 우담바라는 깨달은 자의 말씀, 즉 부처님

꽃이다. '꽃을 집어 들고 미소 짓는다' 는 그 꽃이다. 3천 년 만에 한 번 핀다는 우담바라는 눈에 보이지 않는 은화식물이다. 비유하면 부처가 태어날 때 이 꽃이 한 번 피며, 부처의 법문을 듣는 것은 이 꽃을 보는 것과 같아 부처와 만나는 인연이 그만큼 어렵다는 것이다.

◆ 문학의 산실 안심료

바로 옆 안심료 안마당으로 간다. 여기에 우뚝 서 있는 황금편백나무가 먼저 눈에 들어온다. 한용운 선생의 회갑기념으로 열다섯 그루를 심어 지금은 세 그루가 남았다. 한용운 선생이 독립선언문의 초안을 작성하고, 김동리가 불후의 명작 '등신불' , '바위' 를 집필한 곳. 효당 최범술 스님이 현대다도의 문을 연 곳. 김범부, 김법린, 변영만, 변영로, 변영태, 박영희 등 석학들이 두루 거쳐간 요사채인 안심료. 바람저럼, 구름저럼, 거쳐간 이들의 성신을 활활 태우는 황금편백나무의 꺼지지 않는 불이 내 가슴에도 옮아붙는다.

이곳에서 12년간 머물렀다는 한용운 선생은 항일 비밀결사단체인 만당(卍黨)을 조직하여 일제 식민불교에 대항해 불교혁신운동을 하였다. 불교를 나타내는 만(卍)자는 회전을 뜻한다. 우주는 회전으로 가득 차 있다. 지구는 자전하며 공전하고, 태양계도 공전하고, 은하계도 공전한다. 말하자면 우주는 온통 돌고 돌면서 존재하는 것이다.

안심료 뒤뜰로 들어가 다솔사 차밭을 구경하고 나온다. "말할 때

다솔사 대웅전 내의 부처님 열반상과 창밖으로 보이는 부처님 진신사리탑

말하고, 침묵할 때 침묵하는 입아, 입아 그렇게만 해다오"란 글이 걸려있다. 곰은 웅담 때문에 죽고 사람은 혀(입) 때문에 죽는다는 말이 기억나 무심결에 웃음을 흘린다.

대웅전으로 건너간다. 부처님이 안 계신다. 대웅전 뒤편, 부처님 진신 사리탑이 있다. 법당은 그냥 예배하는 장소다. 법당에서 염불 소리 들린다. 황금편백 이파리 같은 염불 소리가 7월의 허공에 꽃비를 뿌린다. 몸이 있고 감정이 있으면 벗어날 수 없는 사랑과 미움의 투사심리, 꽃비에 젖어 화엄으로 바뀐다. 법열의 하얀 지느러미로 헤엄쳐 황금편백 흔드는 바람의 길. 느끼고 보니 7월의 바람, 염불 소리였으며 만해 한용운 님의 한숨인가.

고통이 있는 사바세계 건너 고요한 기쁨 있는 적멸보궁으로 간

널돌로 쌓은 고려석굴로 아주 드문 석굴이다.

다. 적멸은 '시생멸법 생멸멸이 적멸위락(是生滅法 生滅滅已 寂滅
爲樂)'의 적멸이다. 번역해 본다. 태어나고 사라지는 것, 현실의
법이네. 당신의 마음속에 만들고 없애고 하는 허상을 짓지 않으면,
고요의 기쁨 누리는 것을. 이 법의 구절 타고 법당 뒤 진신사리탑
을 돈다. 2천500년의 숨결로 살아있는 영롱한 석가의 뼈 108과를
모신 진신사리탑을 돈다. 시곗바늘 방향으로 세 번 돈다. 한 가지
소원을 이룬다고 한다. 탐방객들이 모두 돈다. 지금은 그래도 기도
와 수행이 통하는 시대다.

　인류의 잔인성과 파괴성이 절정에 달하고, 인간이 그 인간성을
잃어 버려 자연으로부터 채찍을 맞는 시대가 곧 올 지도 모른다.
기도와 수행이 천지에 닿지 못하는, 신에게 닿지 못하는 시대가 오
면 지구는 종말을 고하게 된다. 이 현재라는 밥을 꼭꼭 씹어서 깨

달아야 한다. 더 이상의 파괴와 잔인함은 안 된다고.

◆ 푸른 이끼의 호소

산길이 아름답다. 우리는 살아있는 길로 간다. 나뭇잎 뒤에 핀 연주홍 야생화가 살아있다. 온통 천지가 살아있다. 모처럼 깊은 잠에서 깨어난다. 몽교일여다. 꿈과 현실이 만난다. 그 쓰잘데없는 개꿈을 이루겠다고 얼마나 부질없이 시달렸던가. 산그늘에서 휴식을 취한다. 아, 산속이 적멸이다. 어질병이 생긴다. 그 7월의 녹음 짙은 환상의 숲길, 잘 다듬어진 아름다운 길을 걷는 것은 방랑의 자유로운 멋이다.

7월의 나뭇잎 그늘을 지나 보안암에 선다. 보안암은 남성 출입 금지구역이다. 보안암 석굴에서 삼배를 올린다. 석불의 얼굴은 여느 시골 머슴같이 투박하고 다정하다. 기쁘게 보면 기쁜 얼굴이고, 슬프게 보면 슬픈 얼굴이다. 돌장승 그리려다 무심코 그린 얼굴이다.

석굴 안에는 두 개의 촛불, 하나의 빈 등, 이름 모를 붉은 꽃다발, 공양 그릇, 하나의 수박이 멋진 화폭을 그리고 있다. 도깨비 귀신 문양의 석단 위에 앉은 부처님, 검은 흙 묻은 저 김매기 품앗이 얼굴, 바로 석가모니 부처님이다. 깨달은 몸에는 항상 빛이 난다. 말하자면 깨달음은 빛이다.

석가모니불 좌우에는 16나한상이 안치되어 있다. 애석하게도 오른편 1구는 사라져 버렸다. 사라진 나한은 사하촌에서 포교당을

보안암 석굴 부처님의 투박한 모습이
인상적이다.

보안암 석굴 인근에 있는 떡바위의 신기한 광경

열고 있는지 모른다. 고려 말에 건축했다는 널찍한 널돌로 쌓은 고
려석굴은 질박하다. 석굴 안에서 비구니 한 분이 불공을 드린다.
부처님을 그리는 염불 소리가 푸른 이끼에 물을 먹인다. "사찰 주
변의 이끼를 떼어가지 마세요. 마음속에만 담아 가세요"라는 팻말

이 보인다. 그 점판암 자연석에 법문처럼 푸른 언어로 살아가는 이끼마저 사람들은 떼어가고, 저렇게 이끼가 모두 사라지는 날이 오면 당신도 함께 사라지리라.

우리는 돌아가면서 근처에 있는 떡바위에 올라가 마치 장군의 투구를 닮은 봉명산과 만점과 무고리 마을, 저 멀리 아스라한 산하의 진풍경을 본다. 경맥이 뚫리는 것 같다. 누가 뒤에서 불러주면 돌아보고, 전설처럼 하나의 바위가 될 텐데. 그 아름다운 경관에 거듭 감탄한다.

다시 보안암 방향으로 돌아 나와 왔던 길을 되돌아 봉명산 정상에 올랐다. 돌아 나와 정상에 오르는 것이 더 쉽다. 402m의 산 위 팔각정자에서 비토섬이 있는 사천바다를 바라본다. 7월의 해무를 이고 바다는 천 년의 사랑으로 출렁이고 있다. 하늘이 내게 천 년을 빌려준다면, 저 바다를 사랑해 볼까. 봉황이 운다는 산, 사람은 사랑으로 우는데 봉황은 구만리 하늘을 날기 위해 운다.

이제 다솔사로 귀환한다. 솔숲 그늘에 초면의 야생화가 은은한 은빛을 토하고 있다. 마음을 여민다. 절집은 문이 없다. 그러나 아무나 다 들어가는 것은 아니다. 마음의 옷깃을 여며야 부처의 땅에 이를 수 있다.

최치원이
학 불러 탄
환학대 지적의 폭포

불일폭포
— 지리산 쌍계사

　그 많은 길을 걷고, 길마다 잠시 머물다 떠나기도 하였지만, 지리산 화개동천에 얽혀있는 길은 나의 삶을 변화시킨 발자국이 남아있는 성찰의 길이다.

쌍계사 일주문과 금강문을 트레커들이 걸어가고 있다.

쌍계사는 화개동천의 정수리에 핀 칡꽃 같은 절이다. 쌍계사 입구에 신라 최치원이 쇠지팡이로 쓴 글, 즉 철장서인 '쌍계석문'이 새겨져 있다. 왼편 뒤웅박 같은 암벽에 '쌍계'가, 오른편 삼태기 같은 암벽에 '석문'이 각각 음각되어 있다. 자연석에 최치원의 신비한 필력으로 새긴 이 네 글자는 쌍계사의 민낯이며, 문을 지나는 탐방객의 입에 오르내리는 명소로, 시상(詩想)의 소재가 되기도 했다. 그 옆 안내판에 있는 중국 시진핑 주석이 언급한 '호리병 속 별천지 화개동'의 사연은 이렇다.

서울에서 열린 '2015년 중국 방문의 해' 개막식에서 시진핑 주석은 "한중문화교류는 유구한 역사를 가지고 있다. 중국은 자고로 '만 권의 책을 읽으면 만 리를 여행한 것과 같다'는 말을 숭배해 왔다. 한국의 시인 최치원은 한반도를 '동쪽 나라 화개동은 호리병 속의 별천지'라며 예찬하였다. 한국 국민은 중국문화의 깊은 잠재력을 잘 이해하고 있으며, 중국 국민은 한국문화의 독특한 매력을 즐기고 있다. 이러한 것들은 여행을 포함한 인문교류를 확대하는 데 있어서 튼튼한 기초를 닦아줄 것이다"라는 축하 메시지를 보냈다.

지금 세계 최강국으로 부상하는 중국의 시진핑 주석이 언급한 동쪽 나라 호리병 속의 별천지 화개동은 어디를 말하는 것일까. 화개동은 하동의 지리산 쌍계사와 칠불암 계곡 일대를 말한다. 지금 여기 쌍계사 입구도 호리병 속의 별천지 화개동이다.

쌍계사 매표소를 지나고, 잠시 몇 가지 상념에 섯는다. 쌍계사는 서기 723년(신라 성덕왕 22년)에 삼법(三法), 대비(大悲) 두 스님이 당나라 6조 혜능(慧能) 대사의 정상(頂相)을 모시고 와서, 꿈의 계시대로 눈 속에 칡꽃이 핀 곳, 설리갈화처(雪裏葛花處)를 찾아 절을 지은 것이 처음이다.

그 후 서기 830년 진감 혜소 국사께서 당나라 유학을 마치고 귀국하여 혜능의 영당을 지어 옥천사라 하고, 선과 불교 음악인 범패를 가르치다 77세로 입적하셨다. 그러다가 신라 정강왕은 이웃 고을에 옥천사가 있어 절 이름이 중복되고 산문 밖에 두 계곡, 동천과 옥천이 만난다 하여 쌍계사로 사명을 내리셨다.

◆ 최치원의 진감선사대공탑비

그럭저럭 일주문이 산문의 첫인사를 한다. 이제 속세를 떠나 부처님의 세계로 들어가는 것이다. 금강문에 잠시 멈춰 내력을 살핀다. 좌측에는 부처님께 밀착하여 지혜를 듣고자 하는 밀적금강, 우측에는 엄청난 힘을 가지고 있는 나라연금강을 모시고 있다. 이렇게 금강역사를 모시고 있는 금강문은 흔하지 않다.

우리나라 불교 음악의 시조인 범패를 지도한 팔영루를 지나고, 그 역사적 명성이 보석 같은 진감선사 대공탑비(국보 제47호) 앞에 선다. 뭐니 뭐니 해도 쌍계사의 랜드마크는 진감선사대공탑비다. 이 비는 성주사 낭혜화상백월보광탑비(국보 제8호), 봉암사 지증대사적조탑비(국보 제315호), 대숭복사비(비석이 부서져 국보에서 제외됨)와 함께 최치원의 사산비(四山碑)이다.

최치원은 신라 말기 12세에 당나라로 유학을 가 17년간 머물면서 874년 빈공과에 장원급제, 벼슬을 하면서 명문 '토황소격문'으로 문명을 크게 떨쳤다. 대석학 최치원의 범해(泛海)란 시를 한·중 정상회담에서 중국의 최고 지도자 시진핑 주석이 소개해 더욱 화제가 되었다.

"애오라지 도는 사람에게서 떨어져 있지 않고 사람은 그 나라가 서로 다름에 매여 있지 않다."로 시작되는 진감선사비는 한 고승의 행적비이기에 앞서 음

최치원 선생의 사산비 중 국보 제47호 진감선사대공탑비. 천 년 넘은 신비의 탑비다.

률과 문장이 아름다운 시비이고, 문학비다. 이 비에는 "여래가 주공 공자와 더불어 드러낸 이치는 비록 다르지만, 돌아가는 바는 한 길이다"라는 인용 문구가 나온다. 유불선 3교를 화덕에 녹인 최치원의 사상을 보여준다.

그리고 진감선사의 어린 시절을 "나면서 울지 않았으니 곧 일찍

지리산 10경인 불일폭포의 아름답고 신비한 광경

부터 소리 없고 말 없는 거룩한 싹을 타고났던 것이다. 이를 갈 때쯤 소꿉놀이를 하게 되매 반드시 나뭇잎을 태워서 향이라 하고 꽃을 따 모아 제물을 차렸으며, 간혹 서쪽을 향해 꿇어앉아 해가 기울도록 움직이지 않았다”고 표현했다.

나는 일찍이 이렇게 멋있고 감동적인 그리고 깊고 단맛을 느낀 문장을 본 적이 없다. 이 시비는 이러한 명문의 한시로 구성되어 있다. 천 년을 훨씬 넘어선 비는 차라리 경건하고 성스럽다.

◆ 쌍계사에서 불일폭포까지

경내의 금당, 육조 혜능의 정상을 모신 전각을 본다. 좌우 현판은 추사 김정희의 글씨다. 고려시대에 만든 특이한 마애불을 그윽하게 본다. 머리가 크고 살집이 많은 얼굴과 어깨까지 처진 귀는 자비로우나, 풍기는 모습이 매우 소박하여 부처라기보다 승려 같은 마애불이다. 이제 고즈넉한 산길을 걸어 불일폭포로 향한다. 징검다리를 건너면서 맑디맑은 물에 손을 담가본다. 1급수 지표생물인 옆새우, 날도래, 강도래, 도롱뇽 등이 살고 있다. 돌계단 얕은 경사길을 쉬지 않고 걷는다. 이곳에는 병꽃, 산딸기, 국수, 철쭉나무 등의 키 작은 주연부 식물이 자라고 있다.

조금 더 오르자 환학대가 나타난다. 고운 최치원 선생이 이상향인 청학동을 찾아다닐 때, 여기서 학을 불러 타고 다녔다는 전설의 바위다. 숲속 나뭇잎 사이로 햇빛이 떨어진다. 저렇게 녹음의 나뭇잎 사이로 내리는 빛은 치유 힐링의 전도사냐. 그렇게 걷다가 불일

쌍계사 경내 고려시대 마애불. 자비로우면서 소박하여 승려 같은 마애불이다.

평전에 도착한다. 여기는 쉼터로 최적의 장소다. 아름다운 이곳에
는 텃새가 산다. 귀여운 붉은머리 오목눈이, 박새, 쇠딱따구리, 노
랑턱멧새, 산까치도 살고 있다. 어디서 새가 지저귄다. 그 청아한
노래에 사로잡혀 잠시 서서 귀를 기울인다. 그 불교 음악인 범패도
저런 소리였으리라. 이제 불일폭포는 400m, 10여 분 거리다.

불일폭포는 지리산 10경 중 하나다. 청학봉과 백학봉 사이의 협
곡에서 쏟아지는 물줄기가 60m에 이르며, 주변의 기암괴석과 잘
어우러져 수려하고 장엄한 풍경을 만든다. 전망대에 서서 바라보
는 폭포는 완벽하게 아름다워 시종 감탄의 신음을 토하게 한다. 저
아름다운 폭포는 고려의 승려인 보조국사가 속진을 씻으며 공부한
장소이기도 하다. 보조국사 지눌은 폭포 입구의 암자에서 수도하
였는데, 고려 제21대 왕, 희종이 지눌의 덕망과 불심에 감복하여

불일보조라는 시호를 내렸다. 그 시호를 따라 그가 공부했던 폭포를 불일폭포, 그가 수도하였던 암자를 불일암이라 하였다. 돌아 나오면서 불일암에 들른다. 단출하고 아담한 암자, 전면의 탁 트인 조망으로 가슴에서 분출하는 환희심은 그야말로 초발심의 정각이다.

지눌은 본성을 회복하는 진심 공부를 화두로 하였다. 우리는 영원한 마음의 고향을 잊고 살아간다. 목동은 소(영원한 마음의 고향)를 타고, 소를 찾아달라고 한다. 스승이 네가 타고 있는 것이 소라고 가르쳐준다.

깨달음은 우리 내면에 있는 소를 찾는 것이다. "불쌍한 이여, 소를 타고 소를 찾는구나." 이 말은 우리의 영원한 회초리다. 이제 돌아가는 길만 남았다. 사람은 가도 발자국은 남았다. 그 많은 유적과 역사, 처음과 끝이 한결같은 길, 영원토록 잊지 못할 길을 돌아나오면서 어느 겨울에 쓴 나의 자작시 '쌍계사'를 떠올린다.

"아침 고요 속 함박눈 내린다/ 눈 쌓인 하얀 계곡 칡꽃 피어 있는 곳/ 나무기러기 세 마리 날아가다 깃 접고 앉은/ 화개동의 절, 쌍계사/ 지리산 흰 빛 하늘 빛 가리우고/ 쌍계계곡 찬물 섬진강 잠 깨우며/ 바다로 흘러간다/ 쌍계사 주련 따라 입술 굴려 보면/ 온 천지가 대장경 활자 되는구나/ 고승의 얼굴 없는 설법소리 메아리처/ 적설에 부러지는 소나무 울음 같다/ 나한전 꽃살문으로 내다보지 마라/ 가없는 번뇌 산 그림자 같은 것을/ 수려하면서도 그윽한 자태로/ 산중 적막 속 눈꽃 같은 쌍계사"

조선 때
영남과 한양을 잇는
영남대로 관문

문경새재
— 경북 문경

백두대간 마루를 넘는 이 고개는 조선시대 영남과 한양을 잇는
영남대로였다. 모든 문물의 교류지이며 국방상의 요충지였다.

문경새재 과거길의 입구에 해당하는 주흘관과 포곡식 성벽의 광경

문경은 '신석호 고장'이다. 신씨 성이, 돌이, 호랑이가 많다. 그러나 이것은 옛이야기가 되고, 한국관광 100선에서 1위를 차지한 문경새재가 랜드마크가 됐다. 문경새재는 역사도 전설도 많다. 백두대간 마루를 넘는 이 고개는 조선시대 영남과 한양을 잇는 영남대로였다. 모든 문물의 교류지이며 국방상의 요충지였다. 새재라는 말에는 '새도 날아서 넘기 힘든 고개', '억새가 우거진 고개', '하늘재와 이우릿재(이화령) 사이의 고개', '새로 만든 고개'라는 뜻이 담겨 있다.

조선팔도 고갯길의 대명사로 불리며, 한양 과거길을 오르내리던 선비들의 청운의 꿈, 그리고 백성의 피와 땀, 숱한 전설과 생생한 역사의 현장이 남아 있는 곳이다. 조선 태종 때 이 고갯길이 열렸고, 1594년 선조 때 제2관문(조곡관)을 설치했고, 1708년 숙종 때 제1관문(주흘관)과 제3관문(조령관)을 만들어 군사적 요새로서 역할을 하게 됐다.

새재 초입에 해당하는 하초리를 지나면 열녀비인 일심각이 보인다. 이 비각은 문경의 정절을 상징한다. 때는 조선시대, 비각이 서있는 이 자리 부근 어딘가에 홀로 사는 노총각과 젊은 부부 두 집이 아래위로 이웃해 살았다. 아랫집의 노총각은 지독한 가난뱅이였다. 윗집은 부자였고, 그 부인은 아주 미인이었다. 재물과 여자가 탐난 노총각은 친구인 윗집 남자를 죽이기로 마음먹고, 어느 날 산약을 캐러 가자고 유인했다. 둘은 새재 깊숙한 골짜기에 들어갔는데 큰 바위 밑에 있는 사삼을 캐려고 엎드렸을 때 노총각은 미리

준비해 둔 바위를 굴려 윗집 남자를 눌러 죽였다. 그때 흘러내리던 붉은 피는 석양에 반사돼 더 붉게 보였다. 노총각은 태연하게 집으로 돌아왔다. 해가 바뀌어도 돌아오지 않는 남편을 기다리던 윗집 부인은 노총각의 계략에 넘어가 그와 같이 살게 됐고 세 아이까지 낳았다. 어느 해 여름 점심을 먹는데 갑자기 소나기가 퍼부었다. 마당에 빗물이 콸콸 흘렀다. 이때 점심을 먹다 말고 남자가 미친 듯이 껄껄 웃었다. 이를 괴이하게 여긴 부인이 남자에게 다그쳐 물었다. 남자가 부인에게 옛이야기를 실토했다. 예전에 산약 캐러 가서 전남편을 바위로 눌러 죽일 때 쏟아지던 피가 지금 마당에 콸콸 흘러가는 저 빗물과 같아 웃었다고 했다. 남자에게 속은 것을 안 부인은 부엌의 식칼로 악인인 남편을 죽이고, 악의 피라고 해 세 아이까지 죽였다. 그리고 자살했다. 이 사실을 관청에서 알고 열녀비를 세웠다. 하초마을 뒷산에 열녀 윤소사(尹召史)의 무덤 자리가 있었나는 소밭 등이 있다. 진남편이 죽었다는 장소인 옹기똥이라는 서들(돌무더기 언덕)도 주흘산 쪽에 있다. 참으로 처참한 전설이다. 그러나 전설은 우리의 참 모습을 보여준다. 우리 속에서 끝없이 싸우는 욕망과 이성의 갈등이 잘 드러난 전설이다.

　◆ 영남대로를 걷다

　제1관문 가기 전, 아리랑비와 옛길 보존비 그리고 옛길 박물관에 들른다. "문경새재는 웬 고갠가 구부야 구부 구부야 눈물이로구나." 세마치장단 진도아리랑을 나직이 불러본다. "사람이 살면은

몇백 년을 사나 개똥 같은 세상이나마 둥굴둥굴 사세, 세월이 흐르기는 시냇물 같고 인생이 늙기는 바람결 같네." 소박하고 흥취 있는 가락이다. 진도아리랑 첫 소절에 나오는 새재, 그만큼 애환이 서린 곳이다. 이럭저럭 제1관문 주흘관을 지난다. 우측에 타임캡슐 광장이 눈에 띄어 다가간다. 1996년 경북 탄생 100주년을 맞아 앞으로 400년 후, 500주년이 되는 해인 2396년 10월 23일에 개봉해 후손들에게 현재 경북인의 생활 풍습·문화 등 삶의 표본을 보여주고자 100품목 475종의 생필품을 분류 선정해 첨성대형 캡슐에 담아 영남제일문인 주흘관 뒤 지하 6m에 매설했다.

주흘산 방향으로 혜국사 가는 이정표가 있다. 주흘산 중턱에 자리 잡은 이 절은 신라 문성왕 8년에 창건됐다. 비경인 여궁폭포를 지나 도착하는 이 절은 탈속의 고승 같은 청정한 화첩의 경치다. 그리고 고려 말 홍건적의 난이 일어나자 공민왕이 주흘산으로 몽진해 이곳 위에 있는 지금의 대궐터에 임시 행궁을 지어 머물렀는데, 당시 혜국사는 이런 상황에서 나라의 은혜를 입게 돼 혜국사로 부른 것이 지금까지 내려오고 있다. 그 후 문경새재를 넘나드는 유생, 봇짐장수 등 민생들의 소원을 이뤄주는 이름난 기도처가 되었다. 임진왜란 당시 새재는 전략적인 요충지였으므로 서산·사명·영규 등 승장들이 이곳에 머물러 절 이름이 더 널리 알려졌다.

◆ 제1관문에서 제2관문까지 트레킹
제1관문에서 제3관문까지의 새재길은 지압 보도이므로 여기서

부터 맨발로 걷는다. 맨발로 걸으면 원시의 본능이 살아난다. 자연
과 하나가 되고, 문명은 큰 재앙이 아닐까 하는 느낌을 갖게 한다.
혈액순환 촉진, 면역기능 강화, 피로 회복, 뭉친 근육을 부드럽게
풀어준다. 풍수지리적으로 취약한 지점을 보강하는 조산 앞을 지
난다. KBS 드라마 '불멸의 이순신' 촬영세트장인 등룡정을 둘러
본다. 이순신의 장인이자 스승이고 당대 최고의 강궁이었던 방진
이 후학을 양성한 곳, 당시 류성룡과 원균이 함께 무술을 익힌 곳

조선조 경상감사의 인수인계식이 이루어진 교귀정과 신비의 소나무

새재에 있는 영남대로 옛 과거길의 아름다운 경관

으로 소개됐다.

　조령원터도 관람한다. 조선시대 출장 중인 관리들에게 숙식을
제공한 장소다. 무주암도 본다. 누구든지 올라가 쉬는 사람이 주인
이 되는 바위다. 영남대로 옛 과거길로 걸어본다. 마당바위도 지난
다. 타원형의 이 바위는 아름답지만 옛날에는 도적들이 숨어서 행
인들의 봇짐을 털어가기도 한 곳이라고 한다. 상처 난 소나무를 관
찰한다. 일제 말기에 자원이 부족한 일본이 에너지원으로 소나무
의 송진을 채취한 자국이 있다.

　주막이 나타난다. 선조들이 새재를 넘다가 노독에 지친 몸을 한
잔 술로 풀면서 서로의 정분을 나누며 쉬어가던 곳이다. 조금 더

지나 새재를 넘어 '시골집에 묵다'는 옛 시를 새긴 바위를 본다. 여기서부터 문경 시목(市木)인 물박달나무가 많이 자라고 있다. 조선시대 새로 온 경상감사와 전임 경상감사가 업무를 인수인계하며 관인을 주고받던 교귀정도 들른다. 드라마 '왕건'의 촬영지로 경관이 수려한 용추도 지난다. 꾸구리 바위, 소원 성취 탑, 조령 산불됴심비도 살펴본다. 조선조의 한글 비석은 4점이나 새재 산불됴심비를 제외하고 모두 국한문 혼용이라서 이 비석은 순수한 우리나라 한글비로 유일한 것이다.

드디어 제2관문 조곡관에 도착한다. 난공불락의 요새다. 그리고 임진왜란 때 신립 장군이 부장 김여물 장군의 조령에 진을 치자는 전략을 듣지 않고 충주 달천에 배수진을 쳐 크게 패했다. 그리고 광해군 때 강변 칠우의 한 사람인 서양갑 무리의 반란 모의 사건과 조선조 말 이필제 민란 거사가 실패한 곳이기도 하다. 그 외에도 문경새재는 설화와 전설이 너무나 많다.

이번 트레킹은 여기까지고, 이제 되돌아가는 길만 남았다. 저 고개 마루까지 가서 고개를 넘지 못하고 흰 구름 푸른 하늘이 된 사람도 있을 것이다. 또 밤하늘을 수놓는 별이 되어 밤마다 별똥별을 이야기처럼 쏟아내는 사람도 있을 것이다. 좀 더 높은 자리, 남보다 뛰어난 명예와 재물, 그까짓 것이 다 무엇인가. 다 부질없는 뜬구름 아닐까. 이제 맨발로 흙을 밟으며 돌아간다. 사람은 흙에서 나서 흙으로 돌아가는 흙의 아들이다.

반석 위
요수정에서 용암정까지
꿈길 같은 1.5km

금원산 수승대
— 경남 거창

안개가 물러가면서 산은 서서히 자태를 드러낸다. 금원산은 두 골짜기, 성인골 유안청 계곡과 지장암에서 유래된 지재미골이 있다.

전국적인 명성을 얻고 있는 거창 수승대 거북바위의 수려한 광경

안개가 물러가면서 산은 서서히 자태를 드러낸다. 금원산은 두 골짜기, 성인골 유안청 계곡과 지장암에서 유래된 지재미골이 있다. 두 계곡이 갈라지기 전, 우측 데크길을 걷는다. 산은 계곡, 산마루마다 독특한 전설과 설화가 있다. 금원산 이름부터가, 옛날 금 원숭이가 하도 날뛰는 바람에 한 도승이 이곳 바위 속에 가두었고 그 바위가 원숭이 얼굴처럼 생겨 낯바위라 부르다가, 음이 바뀌어 납바위가 되고 이런 전설로 금원산이라 부르게 되었다. 원숭이는 영장류다. 인간과 종의 분류가 같다. 그래서인지 금원산은 더 친근하고 접근하기 좋은 산기운으로 넘친다. 이어 선녀담이 보인다. 아득한 옛날 천상의 세 선녀가 금원산에 목욕하러 내려왔다. 물은 맑고 주변의 경치도 더없이 아름다웠다. 세 선녀는 목욕을 즐기다가 그만 천상으로 돌아갈 시간을 잊고 말았다. 하늘 문이 닫힌 것이다. 할 수 없이 세 선녀는 선녀담 바위 속에 숨어들어 바위가 되고 말았다. 선녀담의 고인 물에는 하늘이 내려와 잠겨있고, 너럭바위는 마치 선녀의 자태처럼 미려하기 그지없다. 여자가 이 담에서 목욕을 하고 소원을 빌면 아기를 낳는다는 전설이 전해진다.

우리 선조들은 우랄 알타이로부터 1만 리를 이동해 한반도에 도착했다. 정주 문화가 없었기에 선조들의 신앙은 산과 바위, 나무 그리고 하늘, 즉 자연이었다. 그러다가 한반도에 정착하여 살게 됨으로써 하늘의 선녀가 바위 토테미즘으로 나타나게 된 것이다. 선조들이 입던 흰옷은 하늘의 자손임을 나타내는 것이다. 잠시 멍하니 쳐다본다.

금원산 지재미골의 문바
위. 단일암으로 국내에서
가장 크다.

이제 계곡 따라 올라간다. 삼거리가 나오고 우측 지재미골로 향한다. 곧 문바위가 나타난다. 문바위를 보는 순간 감탄의 신음을 토한다. 그 크기와 위용에 잠시 얼얼해진다. 우리나라에서 단일암으로 가장 큰 바위라고 한다. 신라시대 고찰이었던 가섭사 입구에 있다 하여 가섭암이라고도 하며, 고려 말 충신인 달암 이원달 선생이 고려가 망하자 이곳에서 망국의 한을 달랬던 바위라 하여 순절암·두문암이라고도 부른다. 게다가 신기하게도 비가 오기 전에는 눈물을 흘려 비를 예고했으므로 지우암이라고도 한다.

구한말 애국지사 면우 곽종석은 문바위에 글을 남겼다. "시냇가에 우뚝 솟은 바윗돌은 신의 도끼로 다듬은 듯하네. 머리 위에 소

수승대 둘레길 중 백미 코스인 용암정 가는 트레킹 로드

나무 자라니 더욱 정을 끄누나. 높이 치솟아도 서로 의지하며 살아
가네. 저처럼 부끄럼 없이 푸르게 살아가리라." 이 시만 보아도 문
바위의 외경이 대단했음을 알 수 있다. 문바위는 이러한 전설과 설
화를 담은 채 우람하고 신비하게 서 있다.

　문바위를 지나면 바로 가섭사지다. 1770년대까지 절이 있었다고
한다. 이제 잡초 자라는 공터만 남아 허허롭다. 생멸의 유전이 그
얼마이던가. 뒤의 돌계단을 오른다. 곧 바위굴이 나오고 제법 넓은
기도터가 있다. 엄청 큰 자연바위에 마애여래삼존불이 새겨져 있
다. 중앙은 무량광불인 아미타여래이고, 오른쪽은 관음보살, 왼쪽
은 지장보살로 보인다. 좌 보살 옆에 있는 조상기는 해서체이나 마

모가 심하여 판독이 어렵지만 일부분은 알 수 있다. 천경원년 10월(天慶元年 十月), 즉 서기 1111년 고려 16대 왕 예종(재위 1106~1122년)이 모후의 극락왕생을 빌기 위해 효성으로 조성한 삼존불이다. 중생의 고통을 보고 듣고 그 죄업을 소멸시켜 준다는 관음보살, 가진 것 전부 나누어주고 심지어 입은 옷까지 중생에게 벗어주고 땅 구덩이에 몸을 가리었다는 지장보살, 중생이 자기의 참모습을 깨닫고 부처가 되도록 사무량심(四無量心 · 慈 悲 喜 捨)의 빛을 영원토록 퍼부어주는 아미타여래. 그 다함 없는 무궁무진한 자비심 앞에 경배한다.

선각자의 무한한 공덕과 진리 앞에 우리의 탐욕이 얼마나 부끄럽고 어리석은가. 굴 위 바위틈으로 한 줄기 빛이 내려온다. 빛은 영혼의 밥이다. 기도처로 단연 신비하다. 굴을 벗어나 지재미골로 오른다. 고려 말 원나라의 노국대장공주, 즉 공민왕비를 따라와 감음현을 식읍으로 받아 이 지역에서 살았던 이정공 서문기(理政公 西門記)의 유허지로 그 자손들이 학문을 하던 곳으로 전한다. 여기쯤에서 주차장으로 돌아 나와 지근거리에 있는 수승대로 이동한다.

명승 제53호 수승대 트레킹에 나선다. 수승대는 영남제일의 동천(洞天)으로 이름난 안의삼동(安義三洞)의 하나인 원학동에 위치한 명승지다. 동천(洞天)은 맑은 계류수가 흐르고 깊고 웅장한 산세가 아름다운 계곡을 의미한다. 계곡으로 들어가는 입구에서 'SBS 드라마 스페셜 그 겨울, 바람이 분다(주연 소인성, 송혜교)가

2013년 이곳 수승대에서 촬영되었으며, 수승대의 풍광과 세련된 영상미와 명품 연기로 많은 화제가 되었다'는 안내를 본다. 계곡으로 나간다. 눈앞에 성령산(448m)이 부봉으로 서 있다. 다리를 건넌다. 더위를 씻기 위해 물놀이를 즐기는 피서객이 보인다. 저 멀리 덕유산에서 발원한 갈천이 위천에 합수해 구연의 못을 이루고 흐르면서 만든 천혜의 비경이다. 계곡 갓길은 시간 밖으로 걷는 길이다. 생각이 멍해지는 생멸 밖의 길이다.

원각사에 들른다. '맑은 물소리 번뇌 씻는 소리'란 글자가 눈에 띈다. 맑은 물소리로 번뇌를 씻을 수 있다면 두루 깨달은 것이다. 돌아 나와 그 환상의 트레킹 로드를 다시 걷는다. 아름다운 화강암 반석 위에 요수정이 있다. 요수 신권(愼權, 1501~73) 선생이 제자들을 가르치던 곳이다. 요수정 뒤편 붉은빛이 나는 소나무 숲과 앞의 맑은 계류수, 구연대 주위의 암반들이 절경을 이루어 가히 천하의 동천으로 손색이 없는 곳이다. 여기서 용암정까지 약 1.5km 트레킹 로드는 꿈길이다. 그만큼 아름답고 산과 물을 즐기는 몽환의 로드다. 행기숲 아래 강정모리를 지나면서 이경재의 글이 발을 멈추게 한다. "강정모리 휘돌아 나가지 않고서는 자연스럽게 흘러나가지 못하는 물길처럼/ 너럭바위 만나면 넓은 바위 모양대로/ 수승대 깊은 달 웅덩이 만나면 오랜 세월 움푹 파인 달그림자 그대로" 저 풍경 속으로 걸어가는 그의 모습이 보이는 듯하다.

용암정 역시 위천 강변 너럭바위 위에 지은 정자다. 1801년(순조 1) 용암 임석현이 지었다. 여기도 역시 아름답고 쉬기에 알맞아 오

1801년 임석현이 위천 강변 바위 위에 지은 아름다운 정자, 용암정

랜 시간을 머문다. 어느덧 해가 서쪽으로 기운다. 자리를 털고 일
어나 강정모리 요수정을 다시 거쳐, 드디어 거북바위 앞에 선다.
구연암이라 불리는 이 바위는 수승대를 명승으로 끌어올린 데 일
조한 바위다. 선비들이 붓을 씻었다는 세필짐도 살피고, 구연서원
관수루도 들른다. 이곳은 신라 백제 국경이었던 옛날, 사신이 떠날
적에 안위를 걱정하며 근심(愁)으로 보냈기(送) 때문에 수송대라
하였다. 이후 1543년(중종 38) 퇴계 이황 선생이 여기를 방문해 이
름을 수승대로 바꾸고 오언율시를 남겨 수승대(搜勝臺)라 부르게
되었다.

　오늘 하루 트레킹에서 받아먹은 햇빛과 물, 바위, 나무, 하늘은
영혼을 기르는 양식이 되어 마음의 창고에 깊이 보관될 것이다.

불교 고승 배출하는
명당 중에
명당터

은해사와 4암자
ㅡ 대구 팔공산

가을은 너무 바싹하다. 가을은 나에게 고해성사를 하게 한다.
저 맑고 푸른 사파이어빛 하늘, 색의 마술인 형형색색 단풍, 누런
들판은 내가 나에 대한 고백을 쓰게 하는 노트다.

은해사 경내와 극락보전

　은해사 입구 300년 된 소나무 숲, 1712년(숙종 38) 사찰 입구 일대 땅을 매입해 1714년에 소나무를 심었다. 울창한 아름드리 소나무숲은 세월의 물결이다. 가을 햇빛이 은빛 반짝이며 숲 사이로 내린다. 이쯤 되면 숲은 몽환이며 이미 신앙에 가깝다.

　소나무는 소 같은 나무다. 불그죽죽한 껍질은 소의 이미지다. 어디선가 가을바람이 불어오면 솔잎 사이로 햇빛이 은어 비늘처럼 파닥인다. 간혹 솔방울이 떨어지면 이건 흡사 워낭소리다. 이러한 솔숲은 공적(空寂)이며 형상 없는 형상이다. 저 소나무들의 전생은 십우도의 마지막 소일 것이다. 은해사로 걷는다. 비석군이 나오고 은해교에서 잠시 멈춰선다. 다리 아래는 계류수를 담아내는 작은 소와 담이 곳곳에 있다. 마치 큰솥 같고 밥사발 같은 것들이, 저기에 빛이 떨어지면 모두 흰쌀밥이 된다.

　은해사 뒤편 주산도 부봉(富峰)이다. 주산에 기운찬 일자문성도 있다. 사방에 노적가리 부봉이 올망졸망하다. 은해사는 부자 절이고, 불교의 고승을 배출하는 명당 중에 명당터다. 그 후 들은 말이지만 은해사는 조선시대 전국 4대 부찰(富刹)로, 연간 10만 석의 도지를 받았다고 한다. 은해사(銀海寺)의 은해(銀海)는 사람의 눈을 은해라고 말하는 데서 따온 이름이다. 부처님, 보살, 나한 등이 중중무진 계셔 그분들이 발산하는 빛이 마치 은빛 바다가 춤추는 것 같다고 해서 붙인 이름이라고도 한다. 또 은해사 주변에 안개가 끼고 구름이 피어날 때면, 그 풍경이 은빛 바다가 물결치는 듯해서 은해사라 하기도 했다 한다. 어쨌거나 은해(銀海)는 은하수(銀河

水)와 동의어다. 은빛 강, 은하수는 우주의 눈이다. 은빛 바다이기도 하고. 낮에는 햇빛과 함께, 밤에는 달빛과 함께 쏟아져 내린 은빛 물결이 은해사를 만든다. 그러므로 은해사는 은빛 밭이고 소금 밭이다. 성경에 빛과 소금이 되라 한 그런 장소다. 은해사는 빛과 소금을 먹고 자란 영성(靈性)이 있는 절이다.

영성은 은하수까지 여행한다. 낮은 영성은, 은하 중에 멀다는 안드로메다에도 간다. 더 낮은 영성은 지금도 팽창하는 우주의 무한대까지 여행할 수 있다. 그런 곳이 은해사다.

은해사로 들어간다. 문루의 은해사 현판, 불전의 대웅전(大雄殿), 종루의 보화루(寶華樓)와 노전의 일로향각(一爐香閣)은 추사 김정희 글씨다. 추사의 글씨를 보고, 은하수를 둘러싼 밤하늘 어둠을, 붓으로 찍어 쓴 글씨라는 것을 느낀다. 혹자는 추사의 글씨를 "기(氣)가 오는 듯, 신(神)이 오는 듯, 바다의 조수(潮水)가 밀려드는 듯"한 감동이라고 표현했다.

이외 전각은 대강 보고 수림장으로 간다. "자연과 영원으로 가는 길"이라는 안내판이 유독 눈에 띈다. 사람이 죽어 한줌의 재가 되면 이곳 소나무에 뿌려진다. 죽음은 이리 애틋하고 허망하다. 누구라도 한 번 가면 다시 돌아올 수 없는 이 길은, 자연과 영원으로 가는 길이다.

절 입구로 나와 백흥암으로 걷는다. 가을 단풍과 바람, 새소리 물소리가 들리는 트레킹 로드, 역시 자연과 영원으로 가는 길이다. 운부암과 백흥암 가는 길이 갈리는 신일지에서 좌측으로 가면 이내

중암암에 있는 김유신 장군이 수도한 굴, 일명 극락굴이라 한다. 기도하여 아들 셋을
얻었다는 전설의 삼인암의 비경. 중암암 자연석문·돌구멍절 이름이 여기서 나왔다
한다. (왼쪽부터)

백흥암이 나온다. 비구니의 수행도량이다. 신라 경문왕 기축년에
혜철 국사가 창건할 때 백지사라 불렀다. 아마도 조주 선사가 말한
'뜰 앞의 잣나무' 라는 뜻에서 그 이름을 취했을 것이다. 외인 출입
금지지만 허가를 얻어 백흥난야(百興蘭若), 시홀방장(十笏方丈)과
서쪽 요사채 6개 기둥 주련의 추사 글씨를 구경한다. 돌아 나오는
데 비구니 한 분이 위 요사채로 간다. 곁눈으로 봐도 미인임에 무슨
사연으로 출가를 했는지…. 그녀의 뒤태가 눈물 어린 속눈썹처럼
애잔하다. 저렇게 단풍숲 우거진 사이로 사라져버리면 가을의 오
후가 얼마나 처연할 것인가. 그게 나만의 비밀스러운 물살일까.

커다란 암괴 위에서 만년을 살았다는 신비의 만년송

　느린 걸음으로 한 시간 거리인 중암암(돌구멍 절)으로 간다. 태
실봉에서 오는 길과 만나는 능선 길은 향기로운 솔 내음과 단풍의
그림자를 몸에 두르고 걷는 기도의 길이다. 사바세계의 악다구니
와 다툼이 없는, 어느 하오의 산길은 청아하다. 오르는 발걸음을
뗄 때마다 마음은 한 걸음씩 내려간다. 드디어 기암괴석이 사방에
들어찬 암괴의 천국 건들바위에 닿는다. 어린아이가 건드려도 움
직인다는 바위는 도리어 환상의 전망대라 해야 할 것이다. 팔공산
의 대부분과 영천 방향이 멀리까지 조망되는 이곳은 뷰 포인트고
풍경의 변곡점이다. 탁 트인 푸른 가을 하늘 아득하게 따라가면 거
기에 가물거리는 어둠의 공간이 있다. 진화를 거슬러 올라가면 어

둠은 언제 어디에서도 만난다. 어둠은 우주 탄생의 알파요, 오메가다. 신이 빛이 있으라 하매 빛이 있었다 한다면 어둠 없이 어찌 그것이 가능했겠는가.

옆의 바위 위에 만년송이 있다. 커다란 암괴 위에서 만년을 살았다는 노송은 처음 심을 때 가지를 바위에 뿌리처럼 심었다 한다. 만년송 위가 뿌리 같아 보인다. 이때 본 가을의 조망은 흡인력으로, 내가 모르는 나의 모든 것, 즉 무의식 세계를 불러내 격랑을 이룬다. 오직 꿈을 통해서만 만날 수 있다는, 나도 알지 못하는 나의 것이 있다는 것을 비로소 느낀다. 이곳에는 가을의 아름다움이 모여드는 환상이 있고 영성이 있다.

잠시 쉬다가 한 사람이 겨우 빠져 나갈 수 있는 암벽 사이를 지나 조금 아래 장군수를 둘러본다. 신라 김유신 장군이 이곳에서 기도하며 무술을 연마할 때 마신 석간수다. 사람이 욕계의 경계를 넘어서려고 하면 석간수를 마셔야 된다고 한다. 다시 능선길로 올라와 아이를 못 낳은 여인이 기도하여 삼 형제를 얻었다는 삼인암을 보고 지척인 중악 석굴로 내려간다. 입구에 극락굴이라 적혀 있는 이곳이 김유신 장군이 심신을 단련했다는 곳이다.

삼국통일의 큰 공을 세운 김유신 장군이 17세(611년·진평왕 28년) 화랑일 때 백제·고구려가 신라의 강토를 침범하는 것을 보고 비분강개해 적을 평정할 뜻을 세우고 홀로 중악(지금의 팔공산) 석굴에 들어와서 산신께 지극정성으로 기도하자 피갈선인(被褐仙人)이 나타나 신검과 비법을 전수해줘 김유신은 마침내 대입을 이루었다는 그곳이다.

석굴 아래로 내려오면 아주 특이한 중암암(돌구멍절)의 일주문인 자연암벽이 보인다. 신비하다. 돌구멍을 통해 암자로 들어간다. 우람한 바위 위에 붙은 제비집처럼 암자는 공간에서 아슬아슬하다. 수행공간으로는 그지없이 좋다. 경치도 그야말로 절경이고 모든 것을 놓아버린다는 심리적인 해방의 분출, 말하자면 백척간두의 메타포다. 전설이 있는 미천과 해우소를 보고 밖으로 나온다. 중암암 뒤편은 삼인암으로 우람하고 수려한 바위군이 있다. 신묘하다 할 수밖에 없다. 여기 오면 모두 바위 속으로 간다. 정말이다. 부처님도, 김유신 장군도, 복장이 시커멓다는 우리 내면 태초의 어둠도, 백흥암 비구니의 하현달 같은 애틋한 눈썹도 모두 바위 속에서 만난다.

그때 부슬부슬 가을비가 내린다. 저 비가 지나가는 비인가. 시곗바늘 반대 방향으로 해서 묘봉암·기기암을 지나 은해사에서 트레킹을 마친다. 은하수가 쏟아져서 흰쌀밥이 되고 영성이 되는 은해사, 추사 김정희의 글씨, 쇠 북소리도 들리지 않는데 애잔한 뒤태의 백흥암 여승, 모두 바위 속으로 가버린 중암암의 전설, 모두가 다 그 먼 가을 하늘에서 가물거리는 검을 현(玄)의 연주였다.

詩가 되어
종소리처럼
울리는 물소리

산성계곡
— 영덕군 달산면

물은 맑고 고왔다. 그 계류는 8월의 눈부신 빛에 마치 신라 왕관의 곡옥처럼 보였다.

영덕군 달산면 산성계곡의 환상적인 청석바위

영덕군 달산면 옥산리 옥계계곡에서 산성계곡 들머리로 걷는다. 계류수는 너무 청정하고 투명해 신비 그 자체였다. 옛날 오십천의 은어가 귀소해 저 맑디맑은 물로 돌아가면서 번뜩이던 그 영롱한 무지개 비늘처럼. 저 투명한 물은 내 내면의 수문을 열고 들어와 흘러간다. 함께 들리는 물소리 그리고 저 영원한 말씀으로 아름다운 암벽들. 그날의 트레킹 시작은 성경이었다.

풍경과 물소리는 시편이 되어 종소리처럼 울린다. "산이 생기기 전, 주께서 땅과 세상을 조성하기도 전, 곧 영원부터 영원까지 주는 하나님이시니이다(시편 90:2)" 영원부터 영원까지 그 투명한 물처럼 흘러가는 영성이 느껴지는 계곡이다. 산성계곡 들머리인 출렁다리를 건넌다. 다리를 건너자 풀이 자라고 틈새에 예쁜 산꽃들이 보인다. "풀은 아침에 꽃이 피어 자라다가 저녁에는 시들어 마르나이다(시편 90:6)" 저 8월의 풀꽃도 언젠가 시들 것이고, 우리의 평생도 순식간에 다할 것이나.

이곳에는 순간과 영원이 하나이고 아침과 저녁이 하나임을 알게 하는 형이상학의 시(詩)들로 가득하다. 이내 계곡이 나오고 원시의 자연 그리고 하늘이 모두이다. 아등바등한 나이가 자랑일지라도 여기서는 한낱 수고와 슬픔일 뿐이요, 저 허공에 흩어지는 물소리처럼 너무 짧고 신속하다. 당신의 시간도 나의 시간도 티끌로 돌아가는 한순간의 반짝임일 뿐이다. 계곡을 거슬러 오르면서 나는 나의 존재에 대한 무의미가 의미로 바뀌는 오지 탐험의 심리적 단순함에 깊숙이 빠져 버린다.

트레킹 로드는 사람의 때 타지 않은 태고 그대로이다. 문명의 코뚜레에서 벗어나 자연 속의 자연인이 된다. 그 잡풀 사이로 가름목이 있다. 대궐 터 가는 길이다. 30분 거리의 대궐 터까지 오른다. 들어가는 좁은 입구 말고는 사방이 깎아지른 절벽이어서 천험의 요새다. 대궐 터는 지척에 있는 주왕산과 연관이 있다. 주왕산은 신라 때 주왕이 피신해 있었다고 주왕산이 되었다. 주왕은 당나라 때 주도라는 사람으로, 스스로 후주천왕이 되어 반란을 일으키고 도읍지였던 장안으로 쳐들어갔다가 크게 패한 뒤 이곳저곳 쫓겨다니다 영덕 달산 궁터, 산성계곡 대궐 터 주왕산으로 숨어들었다고 한다.

이런 설화를 이곳 주민들은 모두 사실로 믿고 있다. 대궐 터 입구에는 아직도 그때 돌로 쌓은 산성이 남아있다. 이곳 산성계곡 이름도 이 산성에서 연유되었다. 계곡 길로 돌아 내려온다. 갈수록 경치는 더 깊어지고 천연림은 우거진다. 작은 폭포도 나타난다. 드디어 제1목교를 건넌다. 암벽 자락길에 나무다리는 마치 한 폭의 수묵화처럼, 옛 한시(漢詩)처럼 놓여 있다. 그 아름다움에 탄성을 지른다. 저 다리를 건너면 다시 돌아 나오지 않으리라. 어느 트레커의 감성에 젖은 한탄이다.

암벽과 언틀먼틀한 부분이 없는 바닥 암반도 나를 황홀하게 하고, 청정한 물은 목탁소리로 흐른다. 황소바위가 보인다. 황소를 타고 가는 동자가 피리를 부는 것 같은 조형이다. 사찰에서 흔히 보는 십우도이다. 만약 누가 나에게 '네가 무엇인가' 라고 묻는다

계곡 들머리인 옥계계곡 하류와 데크길 출렁다리

면 나는 저 암벽과 흐르는 물을 가리
키리라. 나는 나의 내면의 저 바위와
물속으로, 시나브로 들어가리라.

갑자기 창백해지고 홀쭉해진다. 사
랑도 미움도 나이 따라 늙고 쇠잔해
지면 바람머리 풀고 허리 굽혀 흐른
다. 좁은 협곡이 이렇게 아름다울 수
있다니. 제2목교도 지난다. 여러 번
계곡물을 건너기도 한다. 독립문 바
위를 지나면서, 이런 바위를 독립문
으로 작명한 그 식견에 아연해진다.
이런 곳에 독립문이 왜 등장하나.

드디어 산성계곡의 진수를 느끼게
하는 청석 바위 지대로 들어선다. 이
길은 꿈에서 만나는 트레킹 로드다.
웅장한 바위군들이 감탄스럽고 계류
수도 청석 빛을 품고 아름답게 흐른
다. 그 풍경과 물빛이 너무 청아하고
수려해 태초의 에덴을 상상했다. 그
계곡을 걸으면서 영성의 리듬과 자
연의 숨소리를 퍼즐처럼 맞춰 본다.
인생은 그렇게 덧없이 흘러가는 허

무의 노래가 아니라, 어떤 영혼이 흘러가는 흔적 같은 것이 아닐까.

청석 바위 지대는 영적 기도의 길이다. 나는 이 길에서 불이 꺼진 나의 감정을 본다. 그리고 초점 없는 갈색의 눈, 그러면서 세상과 우주를 다 보고 있는 예수의 눈을 본다. 보리수 아래에서 욕망의 몸을 벗고 깨달음의 몸을 얻은 부처님의 모습도 본다. 저 청옥빛 바위 어디쯤이 사랑과 자비인 줄 이제 알았다.

나무 그림자 물속으로 내리고, 바람이 환하게 불어와 더할 나위 없이 상쾌하다. 오지(奧地) 계곡 트레킹은 어떻게 걸어가도 자기 마음으로 돌아가는 것이다. 내가 내 마음을 탐험하는 것이다. 내 눈은 이제 마음과 하나가 되었다. 심안부동(心眼不動)이다. '이 집이나 저 집이나 같은 한집이라(彼家自家共一家)', '설하고 들음이 영원함에 만물과 나를 잊는다(說聽恒然物我忘)'.

마음의 눈으로 보면 모두 공성(空性)이다. 바위도 바위가 아니고 나도 내가 아니다. 물질과 나를 포승으로 묶는 자박심(自縛心)이 없어지는 것이다. 그나저나 청석 바위 지대도 지나고 계곡을 벗어나는 흙길을 오른다. 거기 궁궁이 짚신나물 물봉선화도 눈에 띈다. 그러다가 갑자기 시야가 넓어지며 독가촌이 나타난다. 독가촌에는 노부부가 살고 있다. 산과 하늘만 보이는 오지에 그들은 이미 자연인이다. 물소리가 피어오르는 그 위에 묵묵한 산이 고승의 도를 이야기하고, 지저귀는 산새가 부처의 선을 설하는 곳에 그들은 살고 있다.

트레킹의 오지에서 만난 독가촌 전경

피는 꽃에서 피지 않는 봄을 보고, 지는 꽃에서 지지 않는 가을을 보고 사는 분들이다. 시간이 재촉해 곧 헤어져야 하지만, 헤어지고 만나고 그렇게 돌고 도는 마치 뫼비우스의 띠처럼, 무한 되풀이되는 어떤 현실을 느낀다.

할머니는 일을 하고 할아버지는 방 안에서 눈은 감은 듯 뜨고, 뜬 듯 감고 앉아 있었다. 더 머뭇거리기 어려워 독가촌 윗길 10여 분 거리에 있는 산성산장으로 애면글면 오른다. 달산면 봉산리 394번지의 산성산장은 금강송과 개간된 밭으로 '나는 자연인이다'의 한 장면을 연상케 했다.

산장 주인인 이영문 씨는 이곳 달산면 출신으로 포항제철고를 나와 부산에서 사업을 하면서 주말에 찾아와 그것도 혼자 힘으로 산성산장을 개간했다고 한다. 우리를 접대하는 그 마음이, 얼굴이 얼마나 순수하고 덕성으로 넘치는지. 말마다 복음(福音)이고 법음(法音)으로 들렸다. 저 자연의 소리와 풍경을 보고, 그 소리와 풍경이 되고자 노력하신 분이었다. 어떤 때는 한밤중까지 이 깊은 산속에서 혼자 일을 한다고 했다. 그의 땀은 흙에 떨어져서 쉬다가 새벽이면 산안개가 되어 떠나곤 했다. 그의 말은 땅속으로 들어가 뿌리를 깨우고 허공으로 사라지며 바람이 되기도 했다.

그러나 우리가 온다는 기별을 받고 산장 뒤 능선에 조망대 터를 닦아서 안내하는 그의 인간애에 나는 뼛속 깊이 울리는 감사를 느껴야 했다. 단지 내 산장에 찾아오는 손님을 대접한다는 것만으로, 하루 주야 포클레인 작업을 했다고 한다.

조망터는 그야말로 환장할 지경이었다. 아득히 산의 파노라마가 물결치듯이 낮은 곳에서 높아지며 흐르고, 흘러가서 하늘이 되어버리는. 그건 신의 화음이고 건반이었다. 이영문 님의 노고에 틈틈이 도와주는 김상일 흥해 서일데크 회장도 산장 조성에 큰 역할을 보탰다고 한다. 김상일 회장은 오지 않았지만 낯선 방문객을 위해 싱싱한 영덕 회를 보내왔다. 나는 그 회를 먹으면서 그 고마움에 애통해 했다. 아파도 좋은 게 있고 좋아도 아픈 게 있다. 끝없이 내면을 들여다보게 하는 산성계곡 트레킹 로드, 사무치게 정겹고 그리운 오지 트레킹이었다. 이런 산성계곡 청정 오지 트레킹에 더 많은 분들이 찾아와서 자기를 보고, 자기 영혼을 확인하면 좋겠다는 느낌이 들었다.

공민왕 모후
피신처서
이육사 저항 노래

왕모산
— 경북 안동

안동 도산면 원천리의 산수는 빼어나다. 그 땅의 수려함은 글의 그물 사이로 빠져나온다. 인물 배출은 물론이려니와 농산물이 풍부하고 풍속도 아름답다.

왕모산으로 가는 초가을의 아름다운 트레킹 길

청량산이 삼십 리에 걸쳐 흐르다가 왕모산을 만들고, 능선이 변화를 일으키면서 내려와 오메가형(Ω)의 내살미 난들을 만든다. 게다가 건지산 줄기가 지렁이처럼 기어 나와, 낙동강에 둘러싸인 원천리를 아름다운 물돌이 들로 만든다. 마치 꽃뱀이 기어가듯이 강물은 하얀 구름무늬 등 비늘을 달고 산과 들 사이 고혹적인 갈맷빛으로 흐른다.

왕모산 트레킹은 내살미 주차장이 들머리다. 20여 분 오르자 바로 왕모산성이다. 전체 길이 360m이나 지금은 50m가 남아 있다. 왕모산성에서 내려다보는 원천리 물돌이 마을의 조망이 대단하다. 예천 회룡포나 안동 하회마을 물돌이와 달리 이곳은 더블유(W)자의 물길로, 강물의 곡선이 산과 들을 지나며 아름다움을 폭죽처

왕모당 안에 있는 남녀 한 쌍의 목신상. 동신제를 지낸 후 남은 제기와 빈 소주병이 이채롭다.

럼 터트리는 유려한 지형으로 탄성이 절로 나온다. 강물은 순환하면서 흘러간다. 굽이굽이 느리게 흐르면서 생명을 키우고, 구름과 바람을 담아 흐른다. 여기서 조금 내려가면 왕모당이 있다.

고려 말기인 1361년(공민왕 10년) 10월, 홍건적 2차 침입 시 공민왕은 남쪽으로 몽진해 12월경에 복주(福州, 지금의 안동)에 당도하였다. 공민왕의 모후인 명덕 태후가 이곳에 피신하여 왕모산이라 부르게 되었다. 홍건적의 난이 평정된 후 환도한 공민왕이 왕모가 피란했던 이곳에 왕모당을 지었다. 그리고 홍건적 침입 시 공민왕을 돕고 지렁이로 화한 노장수의 공을 기리기 위하여 화상 제기 등을 보내 제사를 지내도록 하였다. 왕모당에는 일화가 있다. 8.15 해방 지전, 해방의 경시를 알리는 징소리가 이곳에서 여러 번

안동 도산면 원천리의 산수는 빼어나다. 그 땅의 수려함은 글의 그물 사이로 빠져나온다. 인물 배출은 물론이려니와 농산물이 풍부하고 풍속도 아름답다.

울렸다고 한다. 인근에 산불이 나도 이곳은 무사하였다. 당 안에는 남녀 목신상이 있고, 주민들은 이곳에서 매년 정월 대보름 동신제를 지내고 마을의 안녕을 빈다. 작은 당집이지만 금줄을 둘렀고, 전설이 서려 왕모의 자취를 느끼게 한다.

왕모당을 지난 오솔길은 산새 우짖는 사이로 이어진다. 마치 다른 세계로 들어가는 것 같다. 가파른 오르막이 잠시 숨을 죽이면서 절경인 갈선대에 선다. 갈선대에서 바라보는 파노라마는 경이롭다. 이 지역이 낳은 시인 이육사의 생가 터와 문학관이 아련하게 보인다. 그가 갈선대에서 지었다는 '절정'이란 시가 안내판에 있

다. "매운 계절의 채찍에 갈겨 (중략) 겨울은 강철로 된 무지갠가 보다" 겨울로 형상화된 암울한 시대에 독립과 저항을 노래했던 이육사의 연민이 가득 찬 일생에 어떻게 다가가야 하나. 상념을 뒤로 한 채 다시 걸음을 옮긴다. 가파른 곳이지만 계단이 있어 수월하다. 솔수펑이와 암릉 지대를 몇 차례나 지났을까. 발은 어느새 왕모산 정상에 서 있다. 왕모산 648m로 표시된 철제 팻말이 깔밋하다.

정상에서 보는 조망이 탁월하다. 가슴을 뛰게 하는 감동 사이로 태극무늬를 반복하며 유장하게 흐르는 낙동강이 눈 아래 얼비친다. 남쪽에는 도산서원 뒷산의 마루금이 하늘로 기어가 가뭇없다. 북으로 이어지는 산줄기 멀리 바위 병풍을 두른 청량산의 실루엣이 한 폭의 동양화다.

꿈을 키워내는 저 여성적인 땅, 퇴계 선생과 이육사 시인의 인문을 자라게 한 토양. 저 순박하고 질곡 없는 땅은 우리의 공동체 의식, 즉 두레 품앗이를 만든 원형인지 모른다.

정상에서 왼쪽 능선길로 간다. 고도가 낮아져도 마음을 메아리치게 하는 절경의 여운은 세마치장단으로 울린다. 이정표가 있는 삼거리에서 갈선대 가는 길을 택한다. 산허리를 가로지르는 우거진 나무의 숲길은 검불이 두터워 힐링 코스로 더없이 훌륭하다. 갈선대와 왕모당을 거쳐 내살미 주차장에 도착해 일정을 마친다.

바람 불면
자지러지는 억새 군락
은빛 처용무

무장사지와 무장산 억새밭
— 경북 경주

풍성한 마음으로, 황금의 들이 끝나는 암곡주차장에서 무장산
트레킹을 시작한다.

무장봉 전망대 아래로 펼쳐지는 억새의 바다

가을 산은 보기만 해도 눈에 불이 붙는다. 무장사지 삼층 석탑 안내판을 따라 걸으면 청초한 야생화가 아는 체를 한다. 암곡탐방 센터를 지나고 계곡 입구 돌다리를 건너면, 시나브로 산그늘을 끌고 가는 숲길이다. 첫 갈림길에서 왼쪽 무장사지 방향으로 한 발 한 발 느바기(느리게, 바르게, 기쁘게) 걷는다. 가다가 건너는 징검다리 물속에는 아름다운 은피리가 살고 있다. 골짜기가 깊어질수록 흐르는 물소리 더욱 청아하다. 뜰홍징징 동당 가야금 소리처럼 맑은 물소리 타고 헤엄치는 투명한 은피리가 몸 사이사이를 빠져나간다. 마음이 맑아진다.

골짜기는 깊어진다. 여덟 번째 징검다리를 건너고 나니 어느새 무장사지. 어둡고 먼 골짜기를 지나 감미로운 햇빛 쏟아지는 고요한 공터에 무장사지가 있다. 무장사는 통일신라 원성왕의 아버지 김효양이 지은 절이다. 신라의 삼국통일 후, 무열왕이 투구와 병기를 묻은 골짜기에 지은 절이라서 무장사로 불렀다. 무장사지 삼층 석탑(보물 제126호)과 아미타불 사적비, 이를 받치고 있는 이수귀부가 남아 있다. 다시 발걸음을 옮기니 고도가 차츰 높아지고, 무장산 2.5㎞ 남았다는 이정목을 지나 군데군데 억새가 보인다.

제법 숨이 차오르는 임도를 30분 더 오르자, 광대한 산정을 가득 메운 흰 꽃의 억새 군락이 장관을 연출한다. 가을바람은 쉬지 않고 불고, 억새는 누웠다가 일어나고 다시 나부끼다가 눕는다. 낮에는 둘이 되고 밤에는 하나로 합치는 만파식적의 젓대처럼 허밍하는 억새의 휘모리를 부리에 물고 산새는 허공으로 사라진다. 그 옛날

무장봉 억새밭 가는 데크길

오리온 목장지였던 이곳, 소들은 어느 날 오리온 성좌로 떠나고 지
금은 억새의 나라, 영원한 동화 속의 나라가 되었다. 억새밭 사잇
길을 걷다가 서서 돌아보고, 나시 걷다가 휘파람을 불어본다. 사랑
의 아픔을 안다면 저 억새의 코러스가 흐느낌인 것을 알리라.

　무장봉 정상 전망 데크에서 해 뜨는 동쪽을 보면 문무대왕 수중
릉과 감은사지가 있는 봉길리가 보이고, 포항 앞바다, 단석산, 토
함산, 동대봉산, 함월산, 운제산이 보인다. 일망무제다. 저 하늘과
맞닿아 있는 산의 파노라마는 경이롭다. 신라 천년의 혼이 숨 쉬는
산들이 무장산을 에워싸고 있는 셈이다. 정상에는 사진 전시회도
열리는데 사람들로 북새통을 이룬다. 그들은 왜 무엇에 이끌려서
이곳에 왔을까. 무장봉을 뒤로하고 서서히 내려간다. 바람이 강하

게 불면 자지러지는 억새의 군무, 은빛 물결로 출렁이는 억새의 처용무.

무장사지 통일신라 삼층 석탑

올라가기는 힘들어도 내려가기는 쉽다. 내려오는 길은 잠깐이다. 어정어정 걸어도 처음 삼거리 무장사로 가는 길과 만나는 곳에 도달한다. 성급한 낙엽은 벌써 흙에 뒹굴고, 점차 익어가는 단풍은 가을빛으로 역력하다. 저 한 점의 티끌도 없는 은피리를 키우는 물은 낮은 곳으로 흐른다. 사랑은 왜 낮은 곳으로 흐르는지 알 것 같다.

들머리인 암곡탐방센터가 날머리가 된다. 시곗바늘 방향으로 한 바퀴 돌아 나온 것이다. 황금빛 들판에 날아다니는 밀잠자리 떼와 같이 걷는다. 한눈파는 사이 밀잠자리 떼는 떠나고, 나는 혼자가 된다. 마지막에는 항상 혼자가 된다. 터덜터덜 걷는다. 황혼에 물든 그림자가 종종종 따라온다. 이맘때쯤이면 성황을 이루는 먹거리촌에 들어선다. 가게마다 손님이 있고 주로 막걸리와 파전으로 허기를 달래고 위로를 얻는다.

마음의 앙금을 씻어준 하루의 길이 발목을 감는다. 이제 저 회색의 도시로 가면 쓰러지면서도 줄기차게 일어나던 흰 꽃의 억새를 가슴에 꽂꽂이하리라. 일상생활이 창백하고 메마를 때, 한 줌의 행복 같은 억새를 꺼내어 보면서 상처를 치유하리라.

근심도 우울도
씻겨가는
계곡길

오어사·운제산
― 경북 포항

　근자에 만든 출렁다리가 감사둘레길의 출발점이다. 다리 위에
서 바라보는 오어사는 찬탄의 음성으로 피는 황홀한 연꽃이다.

오어사와 오어지의 수려한 경관

오어사에서 바라보는 오어지는 빛을 듬뿍 머금고 영롱하다. 게다가 야트막한 산이 반월을 그리면서 빚어내는 오어지는 그지없이 아름다운 경치를 연출한다. 잠시나마 멍청해지고 풍경에 얼혼이 난다.

근자에 만든 출렁다리가 감사둘레길의 출발점이다. 다리 위에서 바라보는 오어사는 찬탄의 음성으로 피는 황홀한 연꽃이다. 나의 미적 감각으로는 완벽하다고 할 수밖에 없다. 첨벙하며 물고기 한 마리가 수면 위로 튀어 오른다. 황금색 비늘에 반사되는 빛의 순간적인 산란에 숨이 멎는다. 저렇게 수면을 박차고 허공으로 솟구쳐 빛을 뿌리고 사라지면서 그린 물결의 잔잔한 파문이 가슴까지 밀려온다.

오어사는 원래 신라 진평왕 때 지어진 항사사라는 절이었다. 원효가 도반 혜공과 함께 이곳에서 수도할 때 절 앞 개천에서 같이 용변을 보는데 변이 풍덩 물에 떨어지자(옛날에는 인간의 변이 물고기의 밥이었다) 잠시 놀란 물고기들이 사방으로 흩어지는데, 더 맑은 물이 흐르는 상류로 가는 물고기를 보고 서로 "내 물고기(吾魚)"라고 말한 데서 비롯된다.

마음의 근원은 있고 없음을 떠나 맑고 깨끗하다. 맑고 깨끗한 상류로 가는 저 물고기, 맑고 깨끗한 마음의 근원을 찾아가는 나, 저 물고기가 바로 내가 찾는 마음의 물고기이다. 그래서 그 후 절 이름이 오어사 즉 '내 물고기 절'로 바뀌었다.

계절은 깊을 대로 깊어가고 낙엽은 무시로 발아래 구른다. 이제

무거운 것 다 내려놓고 나목처럼 벗어버린 마음으로 걷는 길은 활
짝 열린 거리낌없는 길이다. 평탄한 길이 끝나고 제법 가파른 경사
길을 오른다. 감사함에 대한 글귀들이 보인다. "죽음이 임박했을
때 가장 후회하는 것은 감사하는 삶을 살지 못했다는 것이다." 스
티브 잡스 말이 눈길을 끈다. 고도가 높아지며 오어지에 투영되는
산 그림자가 아롱아롱 더 아름답다.

　원효암이 보이는 능선에 당도해 잠시 땀을 훔친다. 원효암 방향
의 이정표를 따라 걷다 보면 능선 고즈넉한 곳에 연못이 있다. 산
능선에 어떻게 연못이, 원시림 가운데 신비한 분위기다. "이 도끼
가 네 도끼냐." 어디서 산신령의 온화한 목소리가 들려올 것 같다.
오늘의 화두는 도끼가 아니고 물고기입니다, 산신령님. "이 물고

기가 네 물고기냐"고 묻는 산신령이 연못 물 위에 서 있는 것 같다. 금도끼 은도끼 전설은 산안개 같은 환상이다.

조금 내려오면 원효암이다. 원효의 삶은 자유와 해학이다. 도무지 형식에 구애받지 않는 걸림이 없는 삶을 살다 간 대자유인이다. 그는 스스로 소성(小姓), 복성(卜姓)거사라 했는데, 소(小)는 가장 작다는 뜻이고, 복(卜)은 아래 하(下)자 위의 한 일(一)을 없앤 아래의 아래라는 뜻이다. 가장 낮은 사람, 자기를 가장 낮추는 사람이라는 의미이다.

원효는 자기를 가장 낮추어서 가장 위대한 고승이 된 분이다. 성경에도 "누구든지 자기를 높이는 자는 낮아지고, 자기를 낮추는 자는 높아지리라"는 말씀이 있다. 서로 상통하는 진리다. 원효암에서 오어사까지는 불과 10분 거리다. 오어사에서 출렁다리, 능선, 연못, 원효암으로 해서 다시 오어사에 도착한 것이다.

오어사는 운제산으로 가는 출발점이기도 하다. 부도탑군을 지나고 자장암에 오른다. 산여계곡의 초입, 수려한 낭떠러지 절경을 뽐내는 암벽 위에 자장암은 반 눈을 뜨고 앉아 있다. 자장은 7세기 초, 신라의 가장 빛나는 별이었다. 신라에 화엄의 큰 뜻을 최초로 전하였고, 신라의 3대 보물인 황룡사 9층 목탑을 조성하여 외세 침략을 막고자 했다. 여기서 운제산까지 이어지는 산길을 간다.

바윗재와 깔딱재를 지난다. 이 코스는 해병들의 훈련 코스로도 유명하다. 해병의 긍지라는 표지판이 있다. 그중 "나는 찬란한 해병대 정신을 이어받은 무적 해병이다"는 글이 유독 시선을 잡는다. 대왕암에 도착한다. 소원 기도를 하는 제향단이 이채롭다. 홍은사로 가는 가파른 길로 내려간다. 적요한 산속 명당자리에 있는 홍은사는 마음의 깨달음으로 피는 우담바라 꽃과 닮았다. 이제 산여계곡 길 따라 자장암으로 돌아간다. 지나온 수려한 산정을 올려다보니 대왕암이 구름을 물고 있다.

근심도 우울도 씻겨나가는 계곡길은 그 느낌이 아주 좋다. 오래 간직하고 싶은 하루의 추억이 배낭에 가득 찬다. 자장암을 거쳐 오어사 주차장에 도착한다. 전설과 깨달음, 감사의 향기에 흠뻑 젖은 따뜻한 하루다. 걸을수록 사랑이 더해지는 오어사 감사둘레길. 몸과 마음을 치유하는 더없이 좋은 힐링 코스다.

달성습지
생태 탐방로
1㎞ 힐링 로드

사문진 나루터·달성습지·화원동산
— 대구 달성군

   옛 사문진 나루를 희미하게 추억하며, 굽이굽이 돌아가는 강둑
으로 오른다.

생태탐방로에서 본 하식애와 모감주나무 군락 및 낙동강과 금호강

1 사문진 나루터의 유람선 선착장
2 화원동산
3 주막촌과 팽나무의 풍경

사문진 나루는 엄청나게 변했다. 나루터 위로 사문진교가 놓이고, 달성보로 낙동강 물이 넘실거린다. 강변에 '시간의 몽타주(종합영상 테마파크)'가 완성되면 현재의 강정보와 환상의 콤비를 이뤄 화원 일대가 낙동강 최대의 관광휴양지로 자리매김할 것이다.

옛 사문진 나루를 희미하게 추억하며, 굽이굽이 돌아가는 강둑으로 오른다. 초여름 풋내음이 코를 찌르고, 무성한 잡초 사이에 열무밭이 있다. 자작시 '낙동강'이 한낮의 풋잠, 그 꿈처럼 설핏하다.

"낙동강/ 갈잎이 바람에 서걱이는/ 초여름 낙동강 사문진 나루/ 긴 둑길 터 밭에 열무꽃 만발하였다./ 다리 밑 낮은 강물 소리/ 어머니, 저 소리가 무서워요./ 나를 등에 업고 잠재우려고/ 어비야, 어비야 하며 흐르는 저 강물 소리가 무서 워요./ 모래톱에 먹이를 뒤적이던 쇠백로도 날아오르고/ 강변의 강아지 풀 한 줌 뜯어/ 내 가슴에 심어 놓고 흘러가신 어머니/ 어비야, 어비야 하며 흐르는 저 낙동강은 어머니의 강"

　낙동강은 영남의 젖줄이고 어머니의 강이다. 고대부터 가야를 거쳐, 현대까지 역사를 싣고 흐른다. 사문진 나루터 주막촌으로 간 다. 사문진 나루터는 조선 세종부터 성종까지 일본과의 무역 중심 지였다. 일본 수입품을 보관한 왜물고가 있었으며, 근대까지 낙동 강 물류 수송의 심장이었다.

　그 단적인 예로 1900년 3월 26일 미국인 선교사 사이드 보탐 부 부가 피아노를 한국 최초로 이곳을 통해 대구로 가져왔다. 이것을 기념하기 위해 '임동창과 100대 피아노 콘서트'가 열리기도 했다. 그리고 일제강점기에 대구계성학교 출신 이규환 감독(1904~1982)이 일본의 침탈과 새 문명의 상륙을 비유로 한 영화 '임자 없는 나룻 배'가 여기 사문진 나루 일대에서 촬영되었다. 나운규, 문예봉 등 유명배우가 출연한 '임자 없는 나룻배'는 고유의 토속애와 저항정 신, 목가적인 풍경을 담은 우리 영화사의 걸작으로 평가받고 있다. 1932년 9월 서울 단성사에서 개봉됐다.

　사문진 주막촌은 주막 카페도 있다. 옛날과 현재가 더불어 공존 하는 셈이다. 현재 주막촌 앞에 수령이 약 500년 된 팽나무가 있 고, 과거 이 냇물 나무의 주위에서 '나무깡'이라는 장이 서기도 했다. 홍수 때에는 나룻배를 묶어 놓는 선착장 역할도 하였다.

이제 발걸음을 달성습지 생태탐방로로 옮긴다. 사문진 나루터에서 달성습지 생태학습관까지를 잇는, 낙동강 물 위에 100억원을 들여 만든 폭 3.5m, 길이 1㎞의 아름다운 길이다. 좌로 낙동강을 바라보고, 우로 화원동산의 하식애를 보며 걷는 데크 로드는 경치가 뛰어난 그야말로 최적의 힐링 코스다. 피아노 광장을 지나고, 포토존에서 사진도 촬영한다.

강바람이 불어오면 물결은 흰뺨검둥오리 무늬로 일렁인다. 중앙광장과 사장교의 조형물도 지나친다. 그동안 접근이 어려웠던 하식애(하천의 침식작용으로 인해 생긴 하천 절벽)를 관찰한다. 하식애의 물결무늬에는 잃어버린 태고의 시간이 흐르고 있다. 하식애는 감입 곡류천 양안에 잘 형성된다.

천연산림유전자 보호구역으로 지정된 모감주나무 군락도 본다. 모감주나무는 6, 7월에 활짝 핀 황금색 꽃이 나무를 온통 덮어, 바람에 나부끼는 모습은 참으로 아름답다. 영어로는 Goldenrain tree, 즉 황금비가 내리는 나무라고 부른다니 그 나무가 얼마나 아름다우랴. 열매는 고승들의 염주를 만들기도 한다.

데크 로드의 끄트머리에 가면 달성습지를 가까이서 볼 수 있다. 달성습지(Dalseong Marsh)는 낙동강과 금호강이 만나는 곳에 있으며, 국제자연보호연맹에 등록되어 있다. 습지 중 보기 드물게 폐쇄형, 범람형, 수로형 습지를 다 보유하고 있는 하천 습지다. 환경부 지정 멸종위기 야생동물 1급인 수달, 황새, 흰꼬리수리와 2급인

화원동산 아메리카 대륙 포토존에서 본 낙동강(왼쪽)과 달성습지(가운데), 금호강(오른쪽)

삵, 벌매, 맹꽁이, 물수리, 조롱이, 재두루미, 흰목물떼새 등 약 230종의 다양한 생물이 서식한다. 강물 위의 데크가 끝나는 곳에서 유턴한다.

생태탐방로 중간지점에 화원동산으로 올라가는 표식이 있다. 데크 계단이 다하면 강이 흐르는 꽃의 언덕, 화원동산에 화원정이라는 현판을 단 정자 한 채가 고즈넉하게 있다. 안동댐을 만들 때 도산서원 주변의 정자를 이전한 것이라 한다. 여기서도 보리수라 불리기도 하는 모감주 군락을 감상할 수 있다. 강바람이 불면 모감주나무 항금색 꽃이 비가 되어 내리며 속눈썹까지 누렇게 적신다. 베

트남 참전 기념비를 답사하고, 바로 위 상화대에 도착한다. 상화토대라고도 부르는 이곳은 신라 35대 경덕왕이 가야산에서 병으로 요양 중인 왕자를 보러갈 때, 이곳에 토성을 쌓아 행궁(行宮)을 두어 유상(遊賞)하던 곳이라 하며, 그 아름다움에 끌려 아홉 번이나 머물렀다고 한다. 그래서 이곳 지명을 구라리(九羅里)라 부르게 되었다.

상화대에서 관조하는 풍광은 황홀하다. 그중 '상화대십경'이 널리 알려져 있다. △돌아가는 돛단배 △금호강 어부의 피리소리 △연암에 내려앉은 기러기 △다산의 밥 짓는 연기 △넓은 들판의 논갈이 소리 △삼포의 가을 경치 △가야산의 해 지는 경치 △비슬산에 머무는 구름 △상화대의 늦은 봄 △노강진에 길게 드리운 달빛. 얼핏 연상만 해도, 그 아름다움이 감성에 잠기게 하는 상화대의 십경이다. 연이어 아메리카 대륙 포토존으로 간다. 낙동강과 아메리카 대륙을 닮은 달성습지, 금호강이 한눈에 잡히고 다산 평야, 상정보와 디아크, 다사읍, 궁산, 성서3차단지, 와룡산의 조망이 신비로움을 자아낸다. '아!' 하고 감탄의 신음이 새어 나온다.

한참 머물다가 옛적 봉수대가 있었다고 추정되는 곳에 있는 팔각 건물 3층 전망대에 간다. 여기서 한 번 더 환호를 지른다. 포토존보다 훨씬 공간이 넓어져 눈 안으로 제각기 다른 빛깔의 풍광이 쏟아져 들어오고, 들뜨는 희열이 전신에 넘쳐 순간 자신을 잊어버린다. 검은 불꽃처럼 가야산이 아스라하고, 고령 방향으로 주산 미숭산 오도산이 산 그리메를 그린다. 남동으로는 비슬산이 구름을 머금고 비(琵)와 슬(瑟)을 탄금한다. 환상의 뷰 포인트다. 눈을 화등잔같이 뜨고 사방을 조망한다.

전망대에서 내려오니, 탐방객을 가득 태운 오리 전기차가 정류장에 서 있다. 잠시 후 오리 걸음으로 오리 전기차는 떠나고, 그 길을 따라 내려온다. 초록의 카펫을 깔아 놓은 듯 아름다운 만남의 광장에서 이리저리 거닐어 본다. 멜로디가 흐르는 사문진 피아노 104계단으로 걸음을 옮긴다. 피아노 건반을 닮은 검은색 줄을 밟으면 노래가 들린다. '산토끼', '비행기', '작은 별', '똑같아요', '학교종'의 피아노 리듬이 동심의 앙상블이다.

주로 조류가 대부분인 동물원도 관람하고, 야생화식재지도 둘러본다. 길 따라 조금 더 내려오니 SBS 드라마 '괜찮아 사랑이야' 촬영지가 있다. 그 옆 산기슭에 5~6세기 신라시대 이 지역 호족들의 고분군이 있어 둘러본다. 날머리 주차장에서 일정을 마친다.

영남의 젖줄 낙동강과 금호강, 달성습지, 화원동산으로 이어지는 트레킹은 수려한 비경, 음악을 즐기며 역사를 되짚어보고 동심으로 돌아가 잃어버린 시간을 찾는 의미 있는 시간을 선사했다.

2부

바다

하동 9개 섬 중
하나뿐인
유인도

대도大島
— 경남 하동

나는 멀리 남해로 떠나고 싶은 충동을 이기지 못했다. 남해라
면 어느 섬이라도 좋다.

대도의 빨간풍차식당과 농섬으로 가는 연도교

이른 봄 찬바람이 더 매서워, 방심한 봄옷 사이로 감기가 스며든다. 전신에 미열이 있어 따뜻한 커피로 하루를 녹이며 쉬고 싶었으나, 나는 멀리 남해로 떠나고 싶은 충동을 이기지 못했다. 남해라면 어느 섬이라도 좋다. 붉은 동백꽃 정념으로 타고, 갈매기 모여 사는 무인도라도 좋고. 가슴에 남은 그리움을 지우고, 분노도 사랑도 지우고 지우면서 걸을 수 있는 지우개 섬이라도 좋다. 야생 쑥이 지천으로 자라고, 눈이 큰 소녀가 살고 있는, 작은 섬이라면 더 좋다. 단 하루만이라도 참 나를 만날 수 있는 섬을 찾아서, 삶의 채찍에 맞아 헐어버린 등에 배낭을 짊어지고 일어선다.

◆ 하동 앞바다 유일한 유인도

하동 신노량항을 출발한 여객선은 대도 파라다이스로 향한다. 초봄의 오전 햇살이 순금색이다. 남해는 어머니의 푸른 주름치마로 누워있다. 지금 이 순간은 더없이 행복하다. 가장 비싼 금은 지금이다. 현실이다. 배의 선상 머리에 떠 있는 파라다이스 섬 대도는 보는 것만으로도 흥분을 자극한다. 불과 15분의 짧은 항해로 섬에 도착한다. 대도 파라다이스란 큰 안내판이 호기심을 불러온다. 파라다이스는 '우물이 있는 정원' 또는 천국 낙원을 뜻한다. 하동 앞바다의 아홉 개 섬 중 유일한 유인도 대도는 파라다이스라 부를 수 있는 멋진 남국의 비취색 정취가 있다.

배에서 내려 먼저 장수 이씨 집성촌이고 단 하나의 마을인 대도리로 간다. 여기저기 파라다이스란 안내판이 있다. 파라다이스 하면, 칵테일 파라다이스가 혀끝을 착착 감는다. 인간은 술을 통해 신과 접속하고 낙원으로 건너가기도 한다. 대도는 사람을 취하게 하는 환상이 있고, 마음의 짐을 내려놓게 하는 공간의 해방감이 있다. 마을에 닿자 어디서 복실이가 나타나 앞서서 길을 안내한다. 다롱이라 부르는 가이드견이다. 스스로 찾아오는 탐방객을 안내한다. 자그마한 다롱이가 귀엽게 꼬리치며 앞서가는 광경은 정녕 낙원의 한 장면이다.

참 신통방통하다. 눈에 잡히는 남해는 숫제 사파이어빛이다. 어느덧 다롱이는 사라지고 섬의 모퉁이를 돌아가면서 혼자가 된다.

◆ 사방 조망되는 언덕 위 팔각정

범선 휴게소에 닿는다. 사방 바다 조망에 눈이 질린다. 한국남부 하동화력발전소의 거대한 여섯 개 굴뚝에서 흰 연기가 뭉텅뭉텅 피어오른다. 지역과 함께 성장하는 친환경 발전소라 한다. 400만 kw, 130만 주택에 전력을 공급할 수 있다. 더 저편에 광양제철소, 여천산단의 우람한 몸통이 마치 해무처럼 자욱하게 보인다.

파라다이스가 저 시조새 같은 연기를 타고 올라가는 하늘이라면 몰라도, 흰 연기는 환경에 대한 심각한 '빠떼루' 판정을 의미한다. 그러나 바다는 보석처럼 아름답고 길은 유혹의 몸짓으로 두 발을 가볍게 한다. 길은 얇은 능선을 걷는 외줄기 길이다. 어느 곳에서도 사방이 전부 조망되기 때문에 감각도, 사고도 자유롭다. 도무지 막힘이 없다.

길 옆 작은 언덕에 팔각정자가 있다. 정자 주위에 동백꽃이 꽃술째 떨어져 있다. 잠시 눈을 감고 관능적이고 정열적인 동백꽃과 가수 이미자의 '가슴을 도려내는 아픔에 겨워 얼마나 울었던가' 그 동백아가씨를 그려본다. 여기도 사방이 조망되는 뷰 포인트다. 가는 곳마다 힘들이지 않고 언덕배기에 오를 수 있으며 그곳의 전망대는 곰비임비 눈을 한껏 깔뜨게 한다. 폐교된 대도분교를 개조해 만든 금모래펜션이 보인다. 족구장과 관광객이 쉴 수 있는 건물 옆에는 삼겹살 왕소금구이를 할 수 있는 불판들이 너부러져 있다.

입 안에 군침이 고인다. 바닷가 휴양시설로는 거의 만점이다. 앞이 광양 방향이고 가까이 철모섬과 낚시섬이 있다. 주위를 한 바퀴 돌고 내려온 언덕길

1 대도마을, 멀리 하동 금오산이 보인다.
2 농섬의 언덕 위 하얀집
3 철모섬 해식애

로 올라간다. 여기에 역시 팔각정자와 이순신 장군 동상이 서 있다. 정유재란을 땡 처리한 노량해전에서 철수하는 왜적을 요격하기 위해 매복한 곳이다. 동상이 서 있는 이곳은 이순신 장군이 쉬었던 곳으로 장군터라 부른다. 이순신 장군은 노량해전에서 전사한다. 그 역사는 이렇다.

◆ 노량바다, 초봄의 바람은 차갑다

1598년 11월 조명(朝明) 연합함대의 해상 봉쇄로 순천 왜교성의 고시니 부대는 본국으로 철수할 수 없었다. 위기에 처한 왜적은 명나라 도독 진린에게 뇌물을 보내 구원 요청을 할 수 있는 배 한 척을 급파하였다. 이를 뒤늦게 안 이순신은 신속히 진린에게 적에게 협공당할 위험이 있다는 것을 지적하고, 왜의 구원군이 오는 길목인 노량에서 적선을 기습하여 격파하기로 하였다.

드디어 1598년 음력 11월 18일 밤. 조선의 통제사 이순신 함대와 명나라 제독 진린의 함대가 연합하여 묘도와 대도 및 주변 섬에 매복하고 있었다. 칠흑 같은 어둠을 이용하여 예교성에서 철수하는 고시니 군과 구원하러 온 왜적의 500척 함대를 조명 연합함대가 기습함으로써 노량해전은 시작되었다. 왜선은 도망가면서 싸우고 싸우면서 도망갔다. 당황한 왜의 대함대가 퇴로가 없는 관음포 바다로 들어갔다. 이를 본 이순신은 즉시 추격을 멈추라는 정지 신호를 보낸다. 조선 함대는 모두 정지했다. 그런데 전공 세우기에 급급한 명의 함대는 왜선에 바싹 붙어 추격했다.

더 이상 나아갈 수 없다는 것을 안 왜적은 함대를 돌려 결사적으로 반격했다. 불의의 반격을 당한 명의 함대는 순식간에 혼란에 빠지고 부도독 등자룡의 전선이 불에 타 격침되고, 도독 진린의 배가 왜선에 포위되어 위급하게 되었다. 이에 진린을 구하고자 돌격하던 이순신은 조총에 맞아 전사한다. 해전이 끝나고 구명을 사례하러 이순신의 기함에 오른 진린은 이순신의 전사를 알고 몸을 구르며 대성통곡하고 슬퍼했다.

그렇게 큰 별이 저 노량바다에 찬연하게 떨어졌다. 노량바다는 우리에게 회한을 느끼게 하는 역사적인 바다다.

◆ 바다의 매혹에 빠져 잡념은 익사한다

여기서 불과 20분 거리에 빨간풍차 식당이 있다. 대도에서 농도(농섬)로 가는 출구에 있는 네덜란드풍의 삼 층 빨간풍차 식당은 너무 고혹적이고 멋스러워 청년시절 늘 분출하던 낭만의 감정이 들먹거려 감당할 수 없었다. 문을 밀치고 들어가 자리를 잡는다. 통유리 창으로 보는 바다의 매혹에 빠져 잡념이 익사한다. 주문한 라면을 먹으면서 듣는 '그 겨울의 찻집' (조용필 노래)에 몰입하면 여지없이 이 섬은 파라다이스가 된다. 라면과 대중가요 그리고 이른 봄 섬의 빨간풍차 집, 남해 오후의 행복을 보글보글 끓어내는 삼합이다.

비록 배 시간에 쫓겨 자리에서 일어섰지만, 만약 빨간풍차 식당에서 파라다이스 칵테일 한 잔만 더 하였다면 나는 감정의 소용돌이에 빠져 대도가 진정한 파라다이스임을 고백했을 것이다. 그만큼 대도는 사람의 정서를 사로잡는 수려한 경치가 매력적이며, 바다와 섬, 산과 하늘이 사물놀이패처럼 화음하는 자연의 아름다움이 시나브로 넘치고 있었다.

부속 섬인 농도로 건너간다. 동화 속 같은 언덕 위에 하얀 집이 미적 구도를 잡아 여러 채 있는 광경에 몇 번이나 감탄을 한다. 빈센트 반 고흐의 물감을 두껍게 칠하는 임파스토 화법과 닮은 저 풍경 속에 들어간다면 그림 속의 인물로 고정되어 벽에 걸어 놓는 액자가 되고 말 것만 같았다.

◆ 연도교 다리 아래 조개잡이 재미 쏠쏠

연도교인 다리 아래는 유료 조개잡이 체험장으로 여름이면 탐방객들로 북새통을 이룬다고 한다. 천천히 걷는다. 순간순간이 모두 행복이며 기쁨이다. 섬의 외곽인 해식애 둘레길을 걷는다. 태곳적부터 바닷물에 침식당한 해식애가 감동을 준다. 억겁의 긴 세월 동안 풍랑에 깎인 어마지두 아름다운 저 해식애 길을 걸으면서, 백년의 삶도 못 채우고, 태어나고 늙고 병들고 죽는 백세 인생이 애매하고 엉그름했다.

농도에서 대도로 건너는 연도교를 지나고 선착장으로 간다. 뫼비우스의 띠 같은 대도의 길, 트레킹을 마친다. 오후 5시 막배에 승객은 대략 50여 명, 짧은 초봄의 해는 벌써 일몰로 몸을 태우고 있다. 우리도 저렇게 우리의 황혼을 아름답게 불태우며 사라질 수 있을까. 하선하여 승용차에 오른다. 스위트 홈에 가면 나는 침대에서 또 다른 남해의 섬을 찾아 떠나는 꿈을 꾸며 긴 잠에 빠질 것이다.

감탄스러운
금강봉 바위군
절경

수우도
— 남해

수우도 트레킹은 일교차 심한 늦봄, 황사 심한 날, 항구 풍경
흐릿한 5월에 유람선 타고 바닷길을 열면서 시작된다.

백두봉 가는 암릉에서 바라본 고래바위의 수려한 광경. 오른쪽으로 멀리 사량도가 보인다.

5월은 잔인하다. 천의 얼굴을 한 축제가, 꽃놀이 뱃놀이 흥타령이, 잠든 통장을 깨운다. 4월은 관광객이 부활하는 달, 5월은 관광객이 순례하는 달이다. 어디서 약속이나 한 듯 한꺼번에 밀려온 관광버스와 승용차로, 삼천포 유람선 터미널 대형 주차장은 만차가 된다. 수우도 트레킹은 일교차 심한 늦봄, 황사 심한 날, 항구 풍경 흐릿한 5월에 유람선 타고 바닷길을 열면서 시작된다.

뭍에서는 삼천포항과 그 너머로 각산과 와룡산 산군이 미완성 정물화처럼 희미하고, 좌로는 300년의 전통이 있는 재래식 멸치잡이 죽방렴이 보이고 삼천포와 창선도를 잇는 각각 다른 공법으로 만든 5개 다리의 아름다운 광경이 시선을 빼앗아 간다.

삼천포 앞바다는 한려수도이다. 그 수려한 바다 위로 부는 해풍의 춤사위가 날렵하다. 우로는 삼천포 화력발전소의 굴뚝이 우주선 발사대 모습이다. 우리나라 발전량의 7%를 감당한다. 바다로는 사량도와 신수도가 큼직하게 자리 잡고, 작은 섬이 여기저기서 푸른 악보의 음표처럼 점점이 떠 있다. 한려수도 한산호는 익숙한 뱃길을 순탄하게 달린다. 벌써 수우도 섬 그늘이 뱃머리를 적신다.

◆ 꿈과 안개의 섬 수우도

트레커와 낚시꾼이 선착장에 상륙한다. 낚시꾼은 섬에 도착하자마자 무조건 1천원을 내야 한다. 할머니가 기다렸다는 듯 돈을 받는다. 나무가 많고 소를 닮았다고 수우도라 부르는 섬. 힘들 때마다 어딘가에서 파도 철썩대며 나타나는 섬, 현실에서 조난하여 표류하는 영혼이 상륙하는 꿈과 안개의 섬. 수우도는 그 섬과 닮았다.

마을 왼쪽 트레킹 들머리는 비탈길이다. 푸른 숲 오솔길을 느리게 오른다. 조그마한 판자에 '빼떼기죽 판매합니다. 학교 정문 앞 물고기집. 시시로 하우스'란 조잡한 안내판이 있다. 빼떼기죽은 고구마를 깎아 말린 것을 콩이나 팥과 섞어 끓인 죽이라 한다. 이어 며느리밥풀 군락지를 지나고, 이미 꽃을 떨어버린 진달래 군락지도 지난다. 작은 삼거리에서 우로 조금 가다가 갈림길에서 다시 좌로 걷는다. 드디어 안부에 도착해 숨을 고르고 신선대 작은 돌탑 옆에 선다. 여기는 거의 암벽이고 암릉이다. 부드럽고 거대한 바윗덩어리가 신선대다. 이곳은 뛰어난 뷰 포인트다. 사량도 하도, 상도의 파노라마에 감탄한다. 신선대에서 바다로 이어지는 아름다운 암벽이 고래바위다. 여기서 금강봉 백두봉으로 휘어지는 만에 매섬이 있고, 이렇게 수려한 작은 만을 옛적에는 도둑놈 꼴창이라 불렀다. 옛날 해적들이 이곳에 해적선을 숨겨서 그런 지명이 생겼다.

5월의 햇빛이 눈부시고, 저 아득한 우주를 지나온 빛이 해벽에 부서지는 그 경치가 멀미 날 정도로 어지럽다. 몇 장의 사진을 촬영하고 다시 한번 비알길 걸어 금강봉으로 간다. 금강봉은 수우도의 비경을 한꺼번에 조망할 수 있는 뷰 포인트다. 방금 머물렀던 신선대를 살짝 내려다볼 수 있고, 앞으로 가야 할 백두봉의 비경을 알뜰히 볼 수 있는 목 좋은 곳이다. 이곳에서 잠시 쉬며 간편식으로 허기를 때운다.

◆ 원시의 목소리와 태초의 환영

다시 봇짐을 메고 걷는다. 몽고 말안장 같은 안부에서 좌로 백두봉으로 가는 능선을 탄다. 로프를 잡고 아슬아슬하게 백두봉 정상에 서면 수우도 남쪽 해벽과 사량도 상·하도, 먼 바다에 있는 섬들이 아스라이 보인다. 거대한 바위군이 고래를 닮은 고래바위, 반대편 바닷가 해안에 타포니와 열쇠 구멍, 노치(요철 부분)의 해골바위와 금강봉의 우람한 바위군이 황홀한 비경을 선보인다. 이전까지 이렇게 다양하고 아름다운 작은 섬 해벽을 본 적이 없다.

저 자연 그대로 원시의 경관은 문명화된 인간이 잃어버린 영혼을 돌려받는 강렬하고 개인적인 재생 재활의 장소다. 나는 몇 번이나 이리저리 사방을 둘러보면서 어디서 들려오는 원시의 목소리를 들었고, 태초의 환영을 보았다. 다른 트레커들은 사진 찍기에 여념이 없다.

◆ 밤에는 동백꽃이 은박지처럼 보이는 은박산

다시 저 몽고 말안장 같은 안부로 돌아가 은박산으로 간다. 이제 섬 가장 높은 능선에 올라 가벼운 걸음을 옮긴다. 우거진 나무숲 사이로 바다가 언뜻언뜻 보인다. 도서지역 특화 조림지로 선정된 수우도에 심은 동백꽃과 왕벚나무에는 비닐 물주머니를 달아 물을 공급한다. 동백나무가 60%라 하지만 그것으로도 부족했는지 4천 956본의 동백나무를 더 심는다고 한다. 거기다 왕벚나무를 더 심어 무성해지면 수우도는 동백꽃과 왕벚나무 꽃가루가 멀리멀리 퍼

신선봉에서 바라본 해안 절경. 왼쪽에 백두봉과 정면에 금강봉이 보인다.

져 더 많은 트레커가 찾아오는 남해의 꽃섬으로 바뀔 것이다.

　여기서부터는 야생화도 간간이 눈에 띈다. 흰 꽃이 섬뜩하게 아름다운 홀아비꽃대는 마치 찔레꽃을 닮아 홀아비꽃대를 보는 순간 짙은 찔레 향기가 코를 찌르는 환각에 빠진다.

　능선길은 편하고 수월하다. 물주머니를 단 나무 군락지를 지나면서 야생화 삼색병꽃을 만난다. 연붉은 꽃은 정겹고, 소담스럽다. 성서 마태복음에 "들의 백합화가 어떻게 자라는가 생각하여 보라"는 말이 있다. 들의 백합화도, 수우도 산 능선의 삼색병꽃도 다 어떻게 자라는가 생각해 봐야 한다.

　이렇게 은박산 정상에 도착했다. 해발 189m에 불과한 높이지만, 수우도 최고봉이라는 이유만으로도 조망은 일망무제다. 누가 언제

신선봉에서 금강봉으로 가는 비경의 암릉길

부터 쌓았는지 제법 큰 돌탑이 있고 그 위에 판자에 쓴 수우도 정
상목이 돌 사이 끼워져 있다. 동백꽃이 필 무렵 저 멀리 삼천포 항
에서 바라보면 밤에는 동백나무가 은박지처럼 보인다고 해서 은박
산이라 붙인 이름이다. 나는 여기서 왜 이중섭의 은박지 그림 황소
가 생각났을까. 소와 은박지, 이중섭은 삼천포 항과 수우도를 다녀
갔는지 모른다. 그 수우도의 해벽이 이중섭의 황소 그림과 지나치
게 닮아 있다면, 나는 또 하나의 환각에 빠지는 걸까.

◆ 해벽을 발원으로 한 창작의 샘물이
　하산길은 된 비탈길이다. 그러나 다소간 내려오면 길은 소의 콧
김처럼 순해지고 동백나무 군락이 서늘한 남색 공간을 만든다. 만

약 인간의 피가 저 동백나무 잎처럼 짙은 남색이라면 인간은 다투
지 않고 평화와 사랑의 깃을 입에 물고 날아가는 천사들이 될지도
모른다.

　숲을 나서자 환한 늦봄 햇살에 오금이 저린다. 산속이라 그런지
덜꿩나무가 흰 꽃을, 이것도 마치 찔레꽃처럼 피어있다. 선홍빛의
쥐오줌풀도 간간이 보인다. 수우도는 동백나무와 야생화의 천국이
다.

　이제 은박지같이 아름답고 하얀 섬에 뭍의 사람이 밀려오면 이

곳도 머지않아 진흙탕이 되리라. 사람이 들끓는 곳은 더러워진다. 그러나 사람은 정작 그것을 모른다. 산을 벗어나 해변의 몽돌밭을 걷는다. 억겁의 파도에 깎여 둥글둥글해진 몽돌은 뼈를 깎는 수행으로 고승의 경지에 오른 바다의 사리라는 생각이 든다. 저렇게 아름다운 몽돌로 만들어지기까지 얼마나 깎여야 했을까.

그렇게 여름에 사용하는 샤워장을 지나고, 흙길을 걷다가 시멘트 길로 나와 선착장에 이른다. 수우리 마을 옆과 뒤로 펼쳐진 섬 유일의 경작지는 뭍에서 헤엄쳐온 멧돼지 때문에 밭농사를 망친다고 한다. 해안선 길이 7㎞에 불과한 이 섬은 32세대 주민 64명에 불과하지만 전국 60%를 차지하는 홍합 양식으로 가구당 연간 1억원의 소득을 올리는 알부자 섬이다. 방목하는 흑염소도 지역특산물이다.

섬의 수호신인 설운 장군을 동제 지내는 사당도 있다. 설운 장군의 전설은 그야말로 왜적과 탐관오리를 징치하는 내용이며, 신분이 미천한 섬 백성의 한을 씻어내는 무당의 씻김굿 같은 신령의 카타르시스가 있다. 기다리고 있던 유람선에 오른다. 수우도와의 심리적인 동일시는 이중섭의 은박지 소처럼 해벽을 발원으로 한 창작의 샘물이 뭉클뭉클 솟아나는 트레킹이다.

센 기도발로 유명한
해수관음상과
석탑

금산
— 경남 남해

   남해 금산의 기암괴석은 금강산과 어금버금하며 무수한 전설의 꽁지머리를 달고 있는 아름다운 산이며 중생의 소원과 기도를 들어주는 해수관음의 성지다.

금산의 조망을 가장 넓게 볼 수 있는 상사바위. 아름다움의 극치다.

남해 금산은 비단으로 두른 산이다. 기암괴석은 금강산과 어금버금하며 무수한 전설의 꽁지머리를 달고 있는 아름다운 산이며 중생의 소원과 기도를 들어주는 해수관음의 성지다. 그러한 남해 금산을 대구에 살고 있는 시인 이성복은 이렇게 적고 있다.

"한 여자 돌 속에 묻혀 있었네/ (중략)/ 남해 금산 푸른 하늘가에 나 혼자 있네/ 남해 금산 푸른 바닷물 속에 나 혼자 잠기네"

- 이성복 「남해 금산」 부분

남해 금산은 과연 그러할까. 눈을 감고 잠시 머릿속으로 데생을 해 본다.

◆ 남해 비단산 해수관음의 성지 금산

어느덧 버스는 두모주차장에 닿는다. 진시황이 불로초를 구하러 보낸 서복 이야기가 적혀있는 돌비가 있다. 잠깐 보고 들머리로 향한다. 초입부터 숲 오솔길이다. 기분 만점인 길이다.

20여 분을 오르자 남해 양아리 산기슭, 일명 거북바위에 석각이 새겨져있다. 안내판에는 진시황 시종인 서복이 동남동녀 500인을 거느리고 금산 이곳에 불로초를 구하러 찾아와 머물다 떠나면서 서불(서복)이 이곳을 지나간다는 글을 새긴 것이라고도 하고, 한자가 만들어지기 이전의 화상 문자로 '사냥터'를 표시한 것으로 보기도 한다. 이무튼 '서불과차'라고 일러진 글사는 서복이 불로

초를 구하러 지나간 길이라는 뜻이다. 이렇게 절대권력을 틀어쥐고 중국 최초의 황제가 된 진시황도 불로초를 구하지 못하고 불과 49세의 나이에 죽었다.

영원히 살 수 있는 것이 있을까. '영원히 사는 법'이란 동화가 있다. 책 속에서 한 아이가 영원히 사는 법을 읽고 영원한 생명을 얻었지만 아이가 할 수 있는 일은 시간에 묶여 그저 영원한 내일을 맞는 일밖에 없었다. 주위 사람들은 모두 성장하여 떠나갔지만 성장이 멈춘 아이는 사랑하는 사람들과의 이별, 죽음을 지켜봐야 하며 성장이 멈추어서 오는 고통은 견딜 수 없다고 슬픈 얼굴로 말한다. 영원한 생명을 얻은 아이의 독백은 "나는 영원한 삶을 살고 싶지 않다"라는 것이다. 참으로 아이러니하다.

◆ 부소암과 노도, 산과 바다의 교향곡

산길, 오솔길은 계곡물과 같이 바다로 흐른다. 나는 바다에서 불어오는 바람에 업혀서 금산으로 올라간다. 30년 만에 열린 청정한 숲길을 지나고 나선형 철 계단을 오르면, 거기에 통천문이 있다. 하늘과 통한다는 문을 지나 빨간 양철지붕의 작은 암자 부소암에 닿는다. 암자 뒤로 부소암과 같은 이름을 가진, 뇌와 흡사한 거대한 부소암 바위가 있다. 여기서 조망하는 남해는 정신줄을 놓게 한다.

해안에 꽃처럼 만개한 두모마을과 아득한 눈길 머무는 곳에 노도와 앵강만의 수려함과 그 뒤로 펼쳐지는 설흘산 납산의 경치는

금산의 성지 해수관음 자비의 상에서 사람들이 참배하고 있다.

비경이며, '아' 하는 외마디 비명이 허공을 찢어놓는 감탄의 승경이다. 금산을 명산 반열에 끌어올린 것이 부소암이다. 암자 좌로는 거북바위와 우로는 산신 할머니를 업고 달리는 호랑이 마애걸작이 있다. 부소암에는 진시황의 맏아들 부소가 유배되어 살다 갔다는 것과 단군의 셋째 아들 부소가 천일기도를 했다는 전설이 전해온다. 두모마을의 다랭이논이 바다로 파도치며 내려간다.

노도는 서포 김만중이 유배 와서 이야기를 좋아하는 어머니를 위해 '사씨남정기'를 지은 곳이다. 부소암을 돌아 나와 사람의 뇌를 닮은 부소바위 앞에 선다. 이 바위는 태초부터 있던 바위다. 바위가 사람의 뇌를 닮았다기보다 사람의 뇌가 이 바위를 닮았다는 게 나이 순서로 보아 맞을 것 같다. 그 아름다운 암벽과 암릉 기암괴석을 뒤로하고 헬기장 지나 정상으로 간다.

사람의 뇌와 흡사한 부소암, 일명 뇌바위. 신비하고 경이롭다.

◆ 남해 금산 보리암과 해수관음보살상

정상에서 조망하는 남해의 올망졸망한 섬은 청보석 박물관이다. 금산 38경은 기암괴석 전시장이고, 이렇게 신령한 바위군이 금산을 삼남제일의 명산으로 우뚝 세운다. 봉수대 앞에 있는 명승 제39호인 문장암에는 조선 중종의 명신 주세붕 선생의 글씨 '유홍문 상금산(由虹門 上錦山)'이 새겨져 있다. 풍류시인이기도 한 주세붕 선생이 쌍홍문을 지나 금산 정상에 올라 과연 아름답기 그지없는, 이루 말할 수 없는 신비한 전설이 하늘, 바다, 산에 가득하여 그 감탄을 새긴 것이다.

이제 보리암으로 간다. 보리암은 신라 원효가 여기에 초당을 짓고 수도하다가 관세음보살을 보고, (누구라도 혼자 오래 있으면 환각이 보인다고 러셀은 말한다) 산 이름을 영원한 빛이란 뜻인 보광 산으로, 초당을 보광사로 하였다. 그러다가 이성계가 이곳에서 백 일기도를 하고 금산 산신령이 응해 조선을 연 기적을 이루었다 하 여 현종1년(1660)이 초당을 왕실의 원당으로 하여 보리암으로, 보 광산을 금산으로 바꾸었다.

보리암은 양양 낙산사, 강화 보문사와 함께 3대 관음기도 도량이 다. 보리암의 보리는 보리살타의 준말이며, 한문으로 각유정(覺有 情)으로 번역된다. '정을 가지고도 깨달은' 사람이 보살이다. 보리 암에서 기도발이 가장 세다는 해수관음보살상과 삼층석탑을 본다.

해수관음보살은 세간의 고통을 보고 바다 같은 자비를 베푸는 보살이다. 자(大慈)는 중생을 어여삐 보고 쓰다듬고 격려하는 마 음, 비(大悲)는 중생을 불쌍히 여겨 고통에서 건져 주는 마음. 이런 마음을 바다만큼 가진 보살이 해수관음보살이다.

여기서 쌍홍문은 지척이다. 큰 암벽 사이에 작은 굴이 나 있고, 굴속에는 사방이 구멍으로 가득 차 있다. 암벽 끝에는 두 개의 둥 글고 큰 구멍이 돌문을 만들고 있다. 바로 앞 공터에서 바라보면 쌍홍문은 영락없는 해골바가지다. 금산을 대표하는 기암인 쌍홍문 은 천양문으로 불렸으나 원효대사가 두 문이 쌍무지개 같다 하여 쌍홍문으로 고쳐 불렀다. 쌍홍문은 더할 나위 없이 아름답고 영원 한 해골바가지다.

무수한 구멍은 공(空)이다. 해골바가지는 색(色)이다. 바로 공즉 시색(空卽是色)이다. 내가 가지고 있는 해골바가지를 저렇게 아름다운 쌍홍문으로 만들 수 있다면, 진시황이 구하던 장생불사가 아닌, 끝없이 성장하면서 영원히 사는 생명을 얻을지 모른다. 다시 거슬러 올라와 제석천을 넘고 금산산장으로 간다. 정식과 막걸리를 파는 산장은 100년의 역사가 있고, 4대째 운영하고 있다.

◆ 남해금산 빛의 오로라와 시 낭송 트레킹

좌선대를 지나고 상사암에 간다. 상사암은 남해와 금산을 가장 잘 조망할 수 있는 최고의 뷰포인트다. 남녀의 상사병을 테마로 상사바위가 되었지만 이 바위는 그런 정염과는 거리가 먼 천상의 절경을 보여준다.

남해의 쪽빛바다가 해수관음의 얼굴처럼 인자하고 자정(自淨)의 능력으로 불어오는 바닷바람은 어린이의 눈동자처럼 맑고 편안하다. 능선을 넘어오면서 벌써 그리움으로 변한 저편 앵강만의 수채화를 다시 본다는 기쁨에 눈시울이 뭉클해진다.

금산 38경은 거의 돌로 시작되고 돌로 끝난다. 그 아름다운 바위를 철썩거리며 멍이 들도록 달려드는 남해 바다가 없다면 금산이 있었을까.

아름다운 앵강 바다와 금산과 청보리빛 하늘이 푸른 비단 그물로 짜여있어 하나하나가 청보석처럼 빛나면서 서로 비추어주는, 떼려야 뗄 수 없는 하나의 발광체로 그 빛을 주고받으며 그물눈 마디마다 해수관음 자비의 빛이 오로라를 만드는 여기가 천상인 것을. 한 몸 한 생명 돌 속의 한 여자, 모두가 지금 여기 세계를 구성

금산의 비경 중 가장 뛰어난
쌍홍문. 해골처럼 보인다.

하는 시의 존재이며, 서로가 서로에게 빛과 생명을 나누어 주는 시
의 낭송인 것을. 남해 금산 트레킹은 제임스 딘의 "영원히 살 것처
럼 꿈꾸고, 오늘 죽을 것처럼 살라"라는 명언으로 다닌 순간순간
이 청보석빛 무리, 오로라 같은 하루였다.

남해대교 건너
펼쳐지는
남해 섬 풍경

관음포와 가천 다랑이 마을
— 경남 남해

　진교IC에서 내린 버스가 30분을 달려 금오산 자락을 돌아나
가자 몽매에도 그리던 남해대교와 노량해협의 겨울 정경이 수채
화처럼 아름답다.

선구마을 쉼터에서 매봉산으로 가는 절경의 능선길과 단풍으로 물든 산야

저 바다 위의 연육교 남해대교를 건너면 남해 섬에 들어가게 된다. 유라시아 대륙 동쪽 끝, 수려하게 돌출한 한반도의 마지막 내륙이 한 번 바다에 잠겼다가 떠오른 꽃송이들, 그중 남해 섬은 단연 출중한 꽃이다.

버스가 남해 섬으로 들어서자 차창 밖으로 섬 풍경이 시작된다. 왼편 아래 상가마을 앞, 거북선이 바다에서 휴식을 취하고 있고 그 뒤 해송으로 둘러싸인 곳에 충렬사와 성웅 이순신의 가묘가 있다. 관음포 바다, 일명 이락포(이순신이 전사하여 큰 별이 떨어졌다는 뜻의 포구)에서 전사한 이순신 통제사를 고향으로 이장하기 전 3개월간(?) 매장하였던 장소로, 이장 후에도 봉분은 그대로 지금까지 남아 있다. 갑자기 진눈깨비가 내린다. 남해의 진눈깨비는 마치 우리를 환영하는 양, 흰 나방처럼 쏟아져 내린다.

진눈깨비 춤사위에 정신이 팔려 오락가락하는 동안 차는 이락포 주차장에 닿는다. 문화해설사의 안내에 따라 첨망대로 걸어가는데 그 길가 앞 소나무숲을 따라 동백꽃이 듬성듬성 피어 있다. 차가운 겨울 날씨 남해의 해풍 속에 붉은 가슴을 열고 남해 인어들이 부르는 상사곡에 맞춰 휘파람 소리로 흔들리는 동백꽃 무리. 나는 아득한 곳, 깊은 내면에서 솟아 올라오는 야릇한 함성을 들었다.

◆ 이락포 바다 첨망대 트레킹

우리는 첨망대에 도착했다. 진눈깨비는 그사이 사라졌다. 우리 민족사에 가장 큰 상처로 남아 있는 임신왜란이 정유재란으로 변하고 그 침략이 막을 내리는 역사의 장이 이곳이다. 때는 1598년 음력 11월 19일, 한밤중인 축시부터 조명 연합수군과 조선에서 마지막으로 철수하는 일본의 대함대가 묘도 쪽에서 접전을 벌였다. 그야말로 백척간두의 싸움이었다. 아무래도 해전에서는 도망가는 편이 밀리기 마련이다. 당시 왜 함대는 선진 조선 기술과 오랜 해전에서 익힌 전투력을 갖춘 동양 최대의 함대였다. 싸움이 무르익어 갈수록 승패는 갈라져 도망가는 왜 함대의 세력이 약화되었다.

드디어 동북아의 패권을 놓고 다투던 세 나라의 함대가 노량해협으로 나왔다. 노량은 남해 노량과 하동 노량으로 나뉜다. 황망히 쫓기던 왜 함대가 바닷길을 잘못 들어 나가는 물길이 막힌 관음포 앞바다, 지금 우리가 잡목림 사이로 쳐다보고 있는 눈이 시리도록 아름다운 이 바다로 들어갔다. 이미 날은 밝아 아침을 훨씬 넘어서 있었다. 이순신 통제사는 왜 함대의 추격을 멈추라는 정지 북소리와 깃발을 올렸다.

막다른 길에 몰리면 쥐가 고양이를 무는 법이다. 조선 함대는 모두 멈추었다. 그러나 승전의 기분에 빠져 막무가내로 돌진하던 명나라 함대는 왜 함대를 따라 관음포 바다로 들어갔다. 그러나 물길이 막혔다는 것을 알고 되돌아 나오는 왜 함대의 반격은 실로 가공할 만했다. 생사의 기로에 선 절체절명의 위기를 돌파하겠다는 최후의 기력과 축적되어온 왜의 전투력 앞에 명의 함대는 막대한 손실을 입었다. 명의 부총병 등자룡의 배가 불타 격침되고, 총병 진린의 기함마저 적에게 포위되어 위급했다.

매봉산 능선의 아름다운 리지(ridge)와 남해섬의 수려한 풍경

이를 보다 못한 이순신 함대가 진린을 구하기 위해 들어갔다. 그런데 애석하게도 날아온 적의 탄환이 이순신의 왼쪽 겨드랑이를 맞힌 것이다. 이순신은 숨을 거두기 전 곁에서 싸우던 아들 '회'와 조카 '완'을 향해 "방패로 내 앞을 가려라. 싸움이 한창 급하므로 나의 죽음을 알리지 말라"는 유언을 남겼다. 노량해전에서 200여 척의 적선이 격침되고 50여 척의 왜선이 도망갔다. 이리하여 7년 동안의 긴 전쟁은 대단원의 막을 내렸다.

이 전쟁 후 왜적은 지난 역사에서 그렇게 끈질기게 쉬지 않고 해오던 조선 침략을 멈추었다. 적어도 왜가 근대의 함대로 무장하기 전까지 300년 동안은. 그렇다면 성웅 이순신은 남해 호국의 용이 되어 왜적으로부터 바다를 지켜준 것이나 다를 바가 없다. 저렇게 아름다운 곳에서 돌아가신 삼도수군통제사 이순신의 결의 가득 찬

위엄의 얼굴이 남해의 파도 되어 밀려와 심금을 울린다.

◆ 선구마을서 가천 다랑이 마을 미륵바위까지

이락포를 지나 사촌해수욕장이 보이는 선구마을 언덕에서 트레킹을 시작한다. 산 들머리에 서 있는 노목을 쳐다본다. 바람 소리, 파도소리를 들으며 얼마나 많은 세월의 인고를 나이테에 담아 견뎌왔겠는가.

나무여, 팔을 벌려 지나는 나그네를 포옹해 주는 너그러운 나무여. 바다에서 바람이 불어왔다. 웃거나 울 때 바람 소리가 나던 숲, 그 숲의 입술인 나뭇잎이 여기저기 비죽이 보인다. 그 바다, 그 나무의 사랑이 느껴지는 이곳은 너무 아름다워 발길이 좀처럼 떨어지지 않는다.

1 가천 다랑이 마을의 논밭과 남해 바다의 비경이 어우러져 그림같이 아름답다.
2 이락사에 있는 이순신 통제사의 마지막 유언비

나는 겨우 걸음을 옮겼다. 짧은 가시거리지만 바다는 두 눈이 얼얼하도록 푸른 미소를 지으며 영겁의 생명력을 보여준다. 좌편으로는 남해 섬의 명산 송등산에서 망운산으로 이어지는 산맥이 가물거리며 수려한 자태를 드러내고 있다. 기암괴석과 남해의 늦은 단풍으로 황홀한 능선의 경치. 시선을 돌리기만 하면 무슨 신화처럼 가슴에 안기는 바다를 보며 걷는 것은 마치 꿈속 같다. 간혹 암릉이 나타나 스릴을 느끼지만 잘 정비된 지주대와 보호 밧줄로 위험은 전혀 없다.

　이렇게 바다를 툭 터지게 보고 게다가 암릉 타는 재미까지 쏠쏠한 길도 그리 흔하지 않을 것이다. 거의 1시간 30분을 걸어 매봉산 지나 설흘산 정상에 올랐다. 복원되어 있는 봉수대에 오르니 더욱 시야가 넓어지고 이제는 가까이에 남해의 명산 금산과 노도가 선연히 보인다. 정상 봉수대는 먼저 온 탐방객들로 만원을 이룬다. 말씨를 들어보니 전국 각지에서 모인 것 같다. 나는 망연히 서서 겨울바다와 바다를 부둥켜안고 있는 먼 하늘을 보며 야릇한 허탈감에 몸서리를 친다. 오늘의 피크헌팅은 마침 종을 치는데 왜 새로운 갈증과 그리움이 시작되는지. 마시면 마실수록 더 목이 타는 바닷물처럼, 저 바다는 종적을 알 수 없는 모험과 그리움으로 누워있다.

　시선을 당겨 서포 김만중이 귀양 와서 어머니를 위해 '구운몽'과 '사씨남정기'를 저술했다는 노도를 바라본다. 배를 젓는 노를 만들어 생계를 유지한다는 섬, 그래서 노도이다. 저렇게 외로운 섬에 생활하면서 이야기를 좋아하는 어머니를 위해 책을 저술했다는 서포의 효심이 감동적으로 느껴진다. 앞바다는 이름이 앵강이다. 바다임에도 강으로 부른다. 강처럼 아름답고 물이 고요해 그렇게 부른다. 바다를 강으로 부르는 선인들의 유유자적이 자랑스럽다. 그렇게 앵강을 보다가, 먼 바다를 다시 본다.

다랑이 논으로 유명한 가천으로 가기 위해 임도로 걷는다. 30분이 걸려 가천마을에 당도한다. 포장도로에서 다시 마을 집이 있는 해변 쪽으로 10여 분 내려가서 가천마을의 전설인 음양석을 탐방한다. 남자 심벌을 닮은 큰 돌과 임신부를 닮은 작은 돌이 나란히 서 있다. 이 돌을 미륵님이라고도 한다. 성(性) 숭배 사상의 일면을 본다.

장차 오신다는 미륵도 인간이라면 성(性)을 통해서 태어난다. 저 음양석은 미륵을 탄생시키는 신화의 돌이다. 우리 시대에 과연 미륵이 나타날 것인가. 나는 다시 포장도로로 올라오기 위해 발길을 옮긴다. 오늘 트레킹은 내 마음 어디론가 흘러갔다. 왜 길이 끝날 때마다 외로움은 더욱 기승을 부리며, 다시 신발 끈을 고쳐 매게 만드는 것일까.

구조라에서
15분 뱃길 달려
도착한 섬

내도의 원시림과 동백터널
― 경남 거제도

    섬과 섬을 이어주는 유람선을 타고 내도로 간다. 그 생명의
DNA인 파도의 파문, 그 파랑 물 출렁출렁하는 파도의 박동이
심장으로 번진다.

거제도 곳곳이의 환상적인 꽃밭농원과 건너편 바다, 내도의 수려한 풍경

초여름 바다는 말초신경처럼 경련한다. 봄부터 피고 지는 꽃들이 순간의 강물따라 흘러와 영원한 바다를 이루고, 구조라 바다는 여름의 꽃밭으로 단장한다. 그래서 구조라 바다는 경련하고, 나의 말초신경 눈자위서 파르르 떨며 피어나는 구조라의 여자 섬, 내도는 영원한 바다의 녹색말 꽃이다.

우리는 섬과 섬을 이어주는 유람선을 타고 내도로 간다. 그 생명의 DNA인 파도의 파문, 그 파랑 물 출렁출렁하는 파도의 박동이 심장으로 번진다. 최초의 생명이 탄생한 바다, 그 바다를 건너면서 영장류 이전의 생물이 살아있는 나의 전생을 본다. 15분의 항해 후 내도에 상륙한다. 한마디로 내도는 명품 섬이다. 거제도 본섬에서 보면 안쪽에 있다고 안 섬(내도)으로 부른다. 또는 바다거북이 떠 있는 모양이라 거북 섬이라 하기도 하고 모자를 벗어 놓은 것 같아 모자 섬이라 부르기도 한다. 그 옛날 대마도 가까이 있던 외도(남자 섬)가 구조라 마을 앞에 있는 내도(여자 섬)에 홀딱 반해 떠오르는 것을 보고 놀란 마을 아낙네가 "섬이 떠온다"고 고함을 치자, 그 자리에 멈추었다는 전설이 전해온다.

◆ 우리나라 10대 명품 섬 내도 트레킹

거북이 조각상을 지나고, 내도 명품 길 입구도 지난다. 해변 길에서 산으로 오르면 만나는 편백숲, 오로지 해풍의 손길만이 거쳐간 그 맑고 아름다운 편백숲에 들어서서 그 원시림의 정적에 빠지면 부딪치고 멍들며 살아온 삶이 얼마나 부질없는 것인가를 안다.

곳곳에 동백나무, 후박나무, 구실잣밤나무 등의 온대성 활엽 상수림이 어우러져 마치 아마존 정글의 비경을 보는 것 같다. 내도의 숲은 그 환상적인 남해와 왈츠를 추며 국내 최고의 수려한 커플임을 자랑한다. 그래서인지 2010년 행정안전부 주관 전국 '명품섬 Best 10'에 선정되었고, '2011년 국립공원 전국 제2명품마을'로 뽑힌 대한민국의 명소이다.

어디서 날아왔는지, 귀여운 동박새와 직박구리가 청아하게 운다. 그 아름다운 새소리는 마치 마술처럼 나의 혼을 빼앗아간다. 따뜻하고 앙증맞은 새들아, 오늘만은 네가 나의 영혼을 노래해 줄 수 있겠니. 나의 영혼을 물고 저 동백꽃과 더불어 살면서 겨울에도 붉게 피는 동백꽃, 그 한의 연가를 마음껏 불러줄 수 있겠니. 여기서 불과 10여 분 나아가자 소나무숲, 말하자면 곰솔(해송) 숲을 만난다. 아름드리 곰솔이 우거진 숲은 그냥 입에 수건을 물린다. 숲이 이렇게 전신을 마비시키는 경우도 있는가 보다.

예전 우리나라의 풍속과 삶에 소나무는 생필품이었다. 아기가 태어나면 새끼에 솔가지를 끼워 대문에 금줄을 달았고, 송편을 찔 때 솔잎을 넣었으며, 송진으로 불을 켰고, 산간초막의 기둥이나 대들보가 되기도 하고, 때론 차가운 구들목을 데우는 화목으로 사용되기도 했다. 소나무는 우리 민족과 애환을 같이한 역사의 나무다. 다시 쉼터를 지난다. 나무 사이로 보이는 바다는 눈동자를 꿈으로 채워준다. 그 시간이 정지한 것 같은 트레킹 로드는 감성으로 일렁이는 파노라마다. 이윽고 대나무숲이 나타나고, 숲속은 시원히고

매도 트래킹 코스에서 가장 비경에 속하는 신선 전망대의 전경

청량하다. 실제로 대숲과 대숲 밖은 4~7℃의 차이가 난다. 이는 대나무숲 1ha당, 1t의 이산화탄소를 흡수하고, 0.37t의 산소를 내뱉기 때문이다. 말하자면 대나무숲은 인체의 허파꽈리인 셈이다. 사시사철 푸른 대나무는 그 푸르름으로 스트레스를 해소하고 심신의 안정과 행복, 편안함을 가져다준다.

대숲을 나오자 덩굴식물이 군락을 이룬다. 시곗바늘 방향으로 감아 올라가는 댕댕이 덩굴과 으름이 보이고, 시곗바늘 반대 방향으로 감아 올라가는 등나무와 인동덩굴도 보인다. 덩굴도 이렇게 반대로 감아 올라가는데, 인간사에 어찌 갈등이 없겠는가. 세심전망대가 나온다. 전망대에서 바라보는 서이말 등대가 함초롬하다. 바다와 거제도, 더 멀리 수평선이 하늘과 맞닿아 만드는 파란색 우주는 내 마음을 씻어내기에 충분하다. 마음을 씻는다는 세심전망대, 그 씻은 마음이 우주와 하나가 되는 순간의 법열을 느낀다.

◆ 환상의 트레킹 로드

다음은 고사목이 너절한 죽은 나무 군락지를 지난다. 나무는 죽어서도 다른 생명을 키워낸다. 죽은 나무는 균류와 여러 미생물의 중요 영양 공급원이다. 다양한 생물들의 먹이 자원이자 은신처 산란지 역할을 한다. 죽음과 삶은 먹이사슬이다. 생명은 다른 개체로 태어나지만, 죽으면 하나가 되고 그 하나의 죽음에서 또 다른 개체가 태어난다. 이러한 생명의 연속성은 영원히 순환한다. 이런 무의미한 반복은 형벌이다. 선지자가 말하는 지옥이고, 불교에서 말하

내도의 트레킹 코스 중 감동적이고 환상적인 동백꽃 터널

는 낙공이고, 서양철학에서는 니힐리즘이다. 무의미는 시간 속에서 파괴가 되고 절망으로 자란다. 이제 우리는 의미를 찾아야 한다.

알고 보면 트레킹은 시간과 공간 속에서 의미를 찾는 작업이다. 인간은 의미의 게놈 지도를 따라가 영혼을 만난다. 그 선지자들이 걸어간 희미한 길, 그 게놈 지도를 따라가면 우리는 신을 경험할 수 있다. 신은 믿는 것이 아니라 '경험하는 것'이라고 칼 융은 말했다. 드디어 동백나무 터널이 나온다. 초록물이 그냥 후두둑후두둑 떨어질 것만 같은 숲속 바람이 불고, 온몸에 그 바람이 스쳐가면 최초의 피는 초록색이 아니었을까 하는 의구심이 든다.

동백꽃은 12월부터 꽃망울을 터트리기 시작해 4월까지 한꺼번

에 피지 않고 차례차례 피고 진다. 가장 추운 1월 한겨울에는 잠시 겨울잠을 자며, 꽃이 피지 않는다. 꽃이 얼면 열매를 맺을 수 없으므로 나무는 그것을 알고 있다.

드디어 내도의 중앙로라 할 수 있는 연인삼거리에 닿는다. "오늘 누구와 이 길을 걷고 있나요. 사랑은 같은 곳을 바라보며 같은 길을 걷는 것이라고 하지요. 두 손을 꼭 잡고 있나요. 그렇다면 이 길을 끝까지 걸으셔도 좋습니다." 두 손을 꼭 잡고 내도의 연인 길을 걸을 수 있는 사랑이 과연 얼마나 있을까. 쉼터에서 잠시 숨을 돌리고, 내도 연인 길로 들어선다. 다시 곰솔 숲과 노거수 우거진 길

을 지나고, 신선전망대에 발을 디딘다. 탁 트인 남해의 조망은 환
상적인 뷰 포인트다. 그 명성이 자자한 외도도 보이고, 왼편으로
서이말 등대가 야자수처럼 아름답고, 그 옆 희미한 해무처럼 대마
도가 아롱거린다. 오른쪽으로 홍도 해금강이 보이고, 이름을 몰라
서 더 좋은 섬들이 기억의 저장고에 쌓아놓은 비밀처럼 은은하게
보인다. 연인삼거리까지 왔던 길을 돌아 나오고, 조류 관찰지까지
걷는다. 한려해상의 깃대종인 팔색조는 이곳 내도에도 찾아온다.

어둡고 습기 많은 활엽수림에 7가지 무지개 색깔의 깃털을 감추
고, 한여름을 파먹는 희귀새다. 팔색조는 경계심이 강해 좀처럼 볼
수 없다. 그 무지개 깃털의 스펙트럼을 한 번만 봐도 내도 탐방의
꿈은 이루어지겠는데, 세상사 어디 다 뜻대로 되겠는가. 이윽고 내
도 탐방안내센터, 즉 도선대기실에 도착해 배를 기다리며 내도에
전시된 많은 시 중 가장 가슴을 흔들며 또 쥐어뜯기도 한 유치환의
시 「바람에게」를 가만히 낭송한다.

> "바람아 나는 알겠다./ 네 말을 나는 알겠다.// 한사코 풀잎을 흔들고/
> 또 나의 얼굴을 스쳐가/ 하늘 끝에 우는/ 네 말을 나는 알겠다// (후략)"

이제 돌아가야 할 구조라가 오월의 바다 시집이 되고, 작은 몽돌
밭 지나가면 수선화와 종려나무가 노부부의 사랑에서 자라는 영성
의 화원 공곳이가 아련하게 보인다. 내도 탐방은 꿈속의 나비 같은
장자의 몰화였다.

겨울비 속
수채화 같은
거제 옥포항

이순신 만나러 가는 길
— 경남 거제

거제도 옥포항은 그렇게 겨울비 속에 아름다운 수채화처럼 보였다. 이순신 만나러 가는 길 입구, 해변에 데크로 길을 내었다.

이순신 만나러 가는 길 입구, 해변에 데크길

눈이 내리는 섬의 추억 사이로 겨울비가 내린다. 남십자성 별빛을 먹고 자라는 야자수가 가로등으로 서 있는 섬은, 눈 속에 파묻힌 두 개의 영혼으로 사랑의 영화를 완성한 지바고의 무대는 이미 아니다. 이제 이곳은 이전의 이곳과 다른 장소다. 아열대 기후가 섬을 점령하고, 눈길을 걸으며 듣던 캐럴은 기억의 악보에 오선지를 그린다. 섬이 있고, 겨울비가 내리고, 그리고 그 너머로 바다가 심장의 박동처럼 파도치는 더 먼 곳까지 겨울비를 맞으며 걷고 싶다.

길이 착시에 의해 사라지면 소크라테스의 독배와 예수의 성배로 또 길을 만든다. 시간이 무궁히 흐르고, 길도 나도 먼지처럼 사라진다 해도, 나의 영혼은 섬과 겨울비 속을 영원히 걸을 것이라는 환상에 젖어 본다.

거제도 옥포항은 그렇게 겨울비 속에 아름다운 수채화처럼 보였다. 도시는 불타는 토요일 밤을 지새우고, 휴일 아침 나른한 겨울잠에 빠져 있다. 우리나라 남단 섬의 외진 곳, 이런 거대 도시가 탄생하다니 한강의 기적을 일으킨 황금의 파도가 여기까지 밀려왔다. 이순신 만나러 가는 길 입구, 처음부터 데크길이다. 걷기가 안 되는 해변에 데크로 길을 내었다.

바다에는 대우조선해양 옥포조선소에서 수출용으로 만든 선박이 그 위용을 자랑한다. 임진왜란 최초의 해전에서 대승을 거둔 옥포대첩이 있었던 이곳, 그 바다 싸움은 아직도 계속되고 있다. 일본·중국과 함께 조신 수출의 경생은 오늘날의 큰 경제 전쟁이다.

데크길이 이어진다. 사각 정자에 들른다. 몽환의 뷰 포인트다. 겨울 바다가 내 마음에 가득 찬다. 살아오면서 쌓여 있던 찌꺼기와 노폐물이 정화된다. 게다가 겨울비까지 내려 감성의 눈망울을 청결하게 씻어준다. 이 순간순간이 기쁨이고 환희다. 트레킹의 묘미를 한껏 느낀다. 길은 계속된다. 두 번째 사각 정자에 다시 머문다.

그 앞에 작은 돌섬이 푸른 바닷물 위에 떠 있다. 그 뒤로 옥포조선소의 거대한 크레인과 선박들이 겹쳐진다. 그 당당한 산업 발전에 혀를 내두른다. 야트막한 산으로 해송길이 나타나고 입구에 하노이 2천713.27㎞, 프라하 8천599.73㎞ 등 세계로 뻗어가는 거리가 적혀 있다. 큰 개벽이다. 곰솔 언덕길은 경이롭다. 흐린 날씨인데도 청정한 공기와 해풍을 견디며 굳세게 살아온 연륜의 숲이 나를 더 먼 원시로, 자연으로 끌고 간다. 더디게 걸어도 어마지두 길은 순식간에 지나간다. 팔랑포 해안마을을 통과한다. 주민 한 사람 보이지 않는다. 그렇게 저 바다를 부엌에 걸어놓고 살아가는 주민들, 왠지 한 분도 보이지 않아 공연히 허기진다. 여기서 20여 분 더 걷는다. 아스팔트 도로가 나온다. 옥포대첩기념관으로 가는 길이다.

◆ 옥포대첩기념관 관람

옥포대첩기념관에 들렀다. 옥포해전은 1592년 음력 5월 7일 전라좌수군과 경상우수군이 연합해 거제도, 지금 보이는 옥포만에서 일본 함대를 물리친 조선수군의 첫 해전이고 승전한 해전이다. 임

옥포대첩기념관에 있는 이순신의 영정과 장도

진왜란이 터지고 경상도 해역의 수군이 와해된다. 전황이 다급하자 경상우수사 원균은 전라좌수영에 구원을 요청한다. 전라좌수사 이순신은 해전 준비를 빈틈없이 한 후 휘하 함대를 이끌고 5월 4일 전라좌수영을 출발한다. 판옥선 24척, 협선 15척, 포착선 46척이었다. 경상도 당포에서 판옥선 4척, 협선 2척을 거느린 원균의 경상우수군과 합류한다. 전라좌수군과 경상우수군의 연합함대는 5월 6일 밤을 거제도 송미포에서 보낸다. 다음 날 새벽에 연합함대는 발선해 천성 가덕으로 향한다. 그러다가 앞서 간 척후장으로부터 옥포만에 왜 전선이 있다는 보고를 받고 항해 방향을 옥포만으로 돌린다. 이때 옥포 선창에는 왜 전선 30척이 정박해 있고, 정작 왜적은 포구에 상륙해 노략질과 분탕질을 하고 있었다.

옥포만의 대우조선해양 옥포조선소에서 만든 수출용 선박

　이순신은 "가볍게 움직이지 말라. 움직이기를 태산같이 하라"고 명하여 휘하 수군이 침착하게 공격해 승리할 수 있는 심리적인 안정감을 주었다. 대개의 전쟁이 다 그러하지만, 특히 해전은 한 번 적의 포위 공격이나 함정에 빠지면 돌이킬 수 없는 참패를 당하게 된다. 첫 해전에서 휘하 수군의 공포심과 흔들리는 불안한 마음을 다잡아 용기를 불러일으키는 이 명령은, 그 후에도 자주 사용된 전쟁 명언이 되었다. 연합함대가 돌격하자 조선 수군을 발견한 왜 전선 6척이 덤벼들었다.

　조선 수군은 일심분발하고 필살의 용기로 활과 총포를 쏘고 발사해 왜 전선 26척을 불태웠다. 전라좌수군이 21척, 경상우수군이

5척을 격침시켰다. 조선 수군은 부상 한 명인데 왜적은 4천80명이 전사했다. 겨우 살아남은 왜적은 섬 안으로 뿔뿔이 달아났다.

조선 수군의 완벽한 첫 승전이다. 옥포해전 당시 사용한 무기와 해전도, 이순신 장군 영정 등 많은 자료를 관람한다. 임진왜란 초전에 지리멸렬하던 조선군의 절망 앞에 구원의 희망으로 떠오른 옥포해전. 해전의 신(神)이라고 받드는 이순신 장군. 그는 군인이기 전에 너무나 인간적인 분이었다. 그의 인격에 감읍한 수군들이 굳게 뭉쳐 전승의 신화를 이끌어낸 것이다.

옥포 바다는 지금도 수출 산업의 첨병으로 싸우고 있다. 감회가 새롭다. 돌아 나오다가 작은 정자가 있고 길 안내 리본이 붙어 있는 산자락 길로 들어간다. 여기서부터 덕포 가는 길이다.

약간 경사진 길을 오르자 이내 해송향이 물컥 풍기는 오솔길이 나타난다. 임진왜란 때 밤중에 망을 보던 야망을 통과하고 덕포로 넘어가는 고개, 승판치에 도착한다. 옥포대첩이 있던 날, 해안에서 분탕질하던 왜적을 공격하자 겁에 질린 왜적들이 육지로 기어올라 달아나는 것을 거제의 의병들이 크게 무찔러 승리한 곳으로 승판치라 부른다.

조금 더 나아가자 겨울의 동백꽃이 붉고 강렬하게 피어 있다. 그 핏빛 같은 꽃에서 조금 전 기념관에서 본, 불타며 바다 밑으로 침몰하는 왜 전선의 불꽃을 본다. 얼마간 더 걸어간다. 덕포 해안마을에 닿는다. 겨울의 빈 해수욕장 백사장에는 하릴없는 파도만 수없이 밀려오고, 여름을 기다리는 시설들은 앙상한 뼈대만 드러내

고 있다. 국제펭귄수영축제라고 쓰여진 플래카드를 지나 대기한
버스에 올라 김영삼 대통령 생가가 있는 대계마을로 간다.

◆ 김영삼 대통령 생가와 기록전시관 답사

김영삼 대통령 생가와 기록전시관 담벼락에 여러 문구가 적혀
있다. "영원히 기억하겠습니다", "닭의 모가지를 비틀어도 새벽은
온다"는 플래카드도 보인다. 대도무문(大道無門)은 김영삼 대통령
의 친필이다. 그는 1993년 2월 25일 우리나라 제14대 대통령으로
취임했다. 이날은 문민정부가 탄생한 역사적인 날이다. 취임사에
서 "이 땅에 다시는 정치적 밤은 없을 것"이라며 변화와 개혁을 통
한 신한국 창조를 역설했다. 대통령 재임 시에 전 정권의 부정부패
를 보고받을 때마다 "시상에 우째 이런 일이"하며 한탄했던 그 말
이 그 시대 유행어가 되기도 했다. 오늘은 왠지 그의 천진난만하던
얼굴과 거제 사투리, 열정, 징직 등 그의 지취가 그립다.

어촌 고가들
퍼즐처럼 늘어선
눌차섬

가덕도 갈맷길
― 부산

거가대교가 탄생하고, 육지와 가덕도가 다리로 연결되면서 누
구나 쉽게 마음먹은 대로 갈 수 있는 그 긴 해파랑길의 출발지

러시아 발틱 함대를 요격하기 위해 일본군 사령부가 주둔했던 외양포의 전경

겨울이 되면 바다는 왜 더 푸르러지는지. 가덕도 선창에서 바라보는 부산 신항만은 잉크빛 바다 위에 어마어마한 시설과 규모를 자랑하고 있다. 몇십 년 전만 해도 가덕도에 가려면 녹산 선착장에서 통통배를 탔다. 일요일이면 가덕도를 찾는 인파들로 북새통을 이루기 때문에, 배 매표원들이 긴 대나무로 줄을 이탈한 행락객을 두들겼다. 그렇게 맞아가면서도 한사코 통통배를 탔고, 선창이나 천성에 내려 가덕도를 트레킹하고 나면 섬과 바다, 하늘이 만들어준 행복에 흡족해했다. 그런데 이제 거가대교가 탄생하고, 육지와 가덕도가 다리로 연결되면서 누구나 쉽게 마음먹은 대로 갈 수 있는 그 긴 해파랑길의 출발지가 되었다.

먼저 천가교를 건너 눌차섬에 들어간다. 천가교는 가덕도 트레킹의 여울목이다. 신항만이 마치 빅뱅처럼 세계로 뻗어가는 컨테이너 물류를 선적하고 하역하는 첨단구역이라면, 눌차섬은 어촌의 고가들이 퍼즐처럼 늘어서고 쌉쌀한 갯내음과 자연이 아직 원색으로 잠자는 짚신의 구역이다. 잠시 문명과 자연의 돌개바람에 방향 감각을 상실한다. 우리는 지금 어디로 가고 있을까. 담이 낮아 이웃의 얼굴을 가족처럼 볼 수 있는 정겨운 마을을 지나고, 동선 방조제도 지난다. 그 어민들의 밥상에 은수저를 올려주는 양식굴장이 오늘 온상의 꽃보다 아름답다. 동선 새바지도 지난다. 이제부터 산자락 바닷가 길로 걷는다. 본격적인 부산 갈맷길이다. 부산 갈맷길은 부산갈매기(부산 사람을 뜻함)들이 바다를 끼고 걷는 길이다. 지금 이 길은 근자에 닦은 길이다. 지난날 그 아름답던 자연스러운 옛길은 어디로 가버리고, 여기에도 문명의 황무지가.

◆ 부민교회 기도원에서 대항 새바지까지

부민교회 기도원에 닿는다. 이렇게 아름다운 섬, 바로 바닷가에 기도원이 있다. 여기에 모여서 무슨 기도를 할까. 교회 기도원이므로 잠시 '예수의 생애'에 대해 생각한다. 예수의 초기 금언들은 상호성의 원리, 즉 황금률(The Golden Rule)이다. "당신이 하기를 원치 않는 일을 남에게도 행하지 마시오.", "남을 용서하시오. 그러면 여러분도 용서받을 것입니다.", "남에게 대접받고 싶거든 먼저 남을 대접하시오." 이러한 금언은 예수 이전부터 내려온 것이나, 예수의 말씀을 통해 더욱 살아나고 영적인 것이 되었다. 그리고 예수의 복음서는 가난한 사람들을 위하여 만들어진 것이다.

어느 날 제자들이 논쟁을 벌일 때 예수는 어린이 하나를 그들 가운데 세우고 "가장 위대한 사람이 여기 있습니다. 이 어린이와 같이 자신을 낮추는 사람이 하늘나라에서는 가장 위대한 사람입니다"라고 하였다. 예수는 더욱 "너희들은 너희의 영혼을 씻을 수 있는가. 인간은 밖에서 안으로 들어가는 것에 의해서가 아니라, 마음에서 나오는 것에 의하여 더러워지는 것이다" 하여 영혼의 정화로 나아갔다. 그리고 예수는 "육적인 것은 아무 쓸모가 없는 것이고 생명을 주는 것은 영적인 것입니다. 내가 당신에게 한 말은 영적이며 생명입니다"라고 했다. 예수는 사람들이 믿음으로 먹고 마시는 영적 생명이었다.

가덕도 갈맷길 중 조망이 뛰어난 희망정의 풍광

　　예수는 기도에 대해서도 설교를 하였다. "당신이 기도하고 싶을 때에는, 골방에 들어가 문을 닫고 보이지 않는 당신의 아버지께 기도하시오. 그러면 숨은 일도 보시는 아버지께서 다 들어 주실 것입니다. 여러분은 기도할 때에 이방인들처럼 빈말을 되풀이하지 마시오. 그들은 말을 많이 해야만 하나님께서 들어주실 줄 압니다." 여기 기도원도 빈말을 되풀이하지 않고 하나님의 말씀을 따라 기도하는 곳일까.

　　여기부터 데크길로 간다. 산비탈 아슬아슬한 해안 비경을 보며 걷는다. 흐릿한 겨울 한낮의 햇빛을 받아 바다는 진한 우윳빛을 반사하며, 황홀한 경치를 만들어 준다. 겨울 바다는 탄성 그 자체였다. 겨울 바다는 소리 없이 내 몸속으로, 의식 속으로 스며들어 감동의 풍경으로 나를 사로잡았다. 누릉능에 도착한다. 한때 사람이 살기도 했던 누릉능은 누런빛을 띠는 바위가 있어 누릉능이다. 해안의 바위가 누렇고 붉은빛을 품고 있다. 다시 해안을 따라 걷는다. 오르막을 지나고 어음포에 닿는다. 이곳도 한때 어민들이 살았다. 물고기 노랫소리가 들릴 정도로 물고기가 많다 하여 어음포라 불렀다. 곳곳에 집터가 보인다. 여기서 길이 갈라진다. 오른쪽으로 꺾어 오르면 연대봉 정상으로 가게 된다. 나는 대항 새바지 지나 외양포까지 가야 하므로 직진한다.

겨울 바다는 형언할 수 없는 신비로 사랑을 만들고 지운다. 푸른 물결은 푸른 동그라미를 그리고, 그 유년의 굴렁쇠는 아직도 내 속에 살아있는 추억의 환상을 불러온다. 지나간 것은 모두 사랑이다. 지금도 미래도 사랑일 것이다. 내 속의 유년이 하는 말에 귀를 기울이면 그건 모두 사랑이었다.

대항 새바지에 도착한다. 대항은 봄이면 몰려드는 숭어 떼로 이름이 알려진 항구다. 대항의 숭어잡이는 '육소장망', 일명 '숭어들이'라고도 하는 어로법이다. 어선 여섯 척이 타원형으로 그물을 깔아놓고 기다린다. 그때쯤 연대봉 중허리 망루에서 숭어 떼를 지켜보던 망수(망쟁이 또는 어로장)가 물 빛깔과 물속 그림자의 변화로 숭어 떼가 그물에 들어간다는 신호 "후려랏" 하는 고함을 지르면, 그물을 끌어 올려 어획하는 방법이다. '숭어들이'는 지역민속축제로 지정되어 2000년부터 매년 4월 '가덕도 대항 숭어들이

축제'로 자리 잡았다. 대항을 지나서 외양포로 간다.

◆ 외양포 일본군 포진지와 군 막사 탐방

외양포는 비록 작은 포구이나 뒷산 국수봉에서 내려온 산줄기가 포구를 감싸 안은 아늑한 마을이다. 그러나 우리나라의 국토 남단에서 거제도와 소의 양 뿔처럼 각을 이룬 천험의 요새이며 전략적 요충지다. 청·일전쟁에서 승리한 일본은 더욱 조선을 식민지로 하고자 당시 조선에 영향력을 행사하던 제정 러시아와 일전을 불사한다. 육전은 그렇다 하더라도 해전에서 우위를 확보하기 위해 러시아는 당시 세계 최강인 발틱 함대를 동해로 이동시켰다. 이에 대한 전쟁 준비로 일본은 거제도의 부속섬 지심도와 가덕도 외양포에 포진지를 구축하였다. 즉 1904년 2월 러·일전쟁이 발발하자 이곳 주민들을 이주시키고 1904년 8월부터 포진지 공사를 시작하여 1905년 1월에 준공하였다.

공사를 마칠 즈음인 1904년 12월 20일 중포병대대를 배치했고, 1905년 5월 7일 '진해만 요새사령부'가 옮겨오면서 그 역할이 확대되었다. 그러다가 1905년 5월 27~28일 벌어진 쓰시마 해전에서 로제스트 벤스키 해군제독이 지휘하는 러시아 발틱 함대는 도고 제독이 지휘하는 일본연합함대에 여지없이 참패를 당했다. 일찍이 해전 사상 그토록 완승을 기록한 해전은 찾아보기 힘들다. 일본에서는 그날의 감격을 되살리기 위해 5월 27일을 해군의 날로 정했다. 쓰시마 해전을 대비한 외양포 군사진지는 그 후 유지되어 오다

외양포에 있는 일본군 포진지. 1904년 후반에 시작하여 1905년 초에 완성하였다.

가 1945년 8월 15일 광복으로 일본군이 물러나자 주민들이 다시 정착하게 되었다.

언덕을 쌓고 숲으로 은폐한 마을 뒤편 포진지에는 280㎜ 유탄포 (최대사거리 7.8㎞, 포탄의 무게 217㎏) 포좌자리 6문, 탄약고, 내무반 자리, 그리고 마을에는 당시 사용하던 사령관실, 병사, 헌병부가 비교적 원형대로 남아 있다. 그리고 국수봉에는 관측소, 산악 보루가 남아있어 우리의 아픈 역사를 보여주고 있다.

외양포 탐방을 마칠 때 즈음 왠지 눈물이 글썽거려진다. 나라에 힘이 없으면 몸(위안부)도, 국토도, 다 빼앗기고 종이 되고 노예가 되는 그 역사의 흔적이 너무 리얼해서 비애의 눈물이 자꾸 눈시울을 적신다.

산과 바다 어우러진
환상적
해안경치

블루로드와 죽도산
― 경북 영덕

창포말 등대와 오늘 트레킹의 종착지인 축산 죽도산까지 펼쳐
지는 해안경치는 그야말로 환몽이고 신비롭다.

해맞이공원에서 본 동해와 죽도산까지 해안 절경

해파랑길 21구간 출발지인 영덕 해맞이 공원 돌비 앞에 선다. 동해는 남빛 의상을 입고 수평선까지 푸른 마스카라를 그린다. 그 아슬한 남빛 선과 맞물려 하얀 뭉게구름이 솜사탕처럼 피어있다. 그 위로 맑은 청잣빛 하늘이 곡옥처럼 아름답다. 그리고 언덕배기 도로 아래로 해맞이공원이, 그 뒤로는 해풍이 돌리는 풍력발전기의 거대한 바람개비가 우두둑우두둑 소리를 내며 그린 에너지를 만든다. 나는 갑자기 실어증에 걸린다. 이런 황홀한 경관은 책갈피 속의 문자나 도화지에 그리는 크레파스로는 표현되는 것이 아니다. 오직 오감으로 느끼고, 자연과 내가 하나가 되는 법열의 붓으로만 표현되는 언어 밖의 경관이다.

동해에 가면 신화처럼 숨 쉬는 고래 잡으러 "자 떠나자 동해 바다로 삼등 삼등 완행열차 기차를 타고" 가는 송창식의 '고래 사냥'도 연상되고, "갈매기 나래 위에 시를 적어 띄우는 젊은 날 뛰는 가슴 안고" 사는 최백호의 '영일만 친구'도 만나보고 싶다.

◆ 뱀 사냥으로 인한 산불이 만든 에덴동산

붉은 토번을 머리에 쓰고 대게 집게발을 형상화한 창포말 등대와 오늘 트레킹의 종착지인 축산 죽도산까지 펼쳐지는 해안 경치는 그야말로 환몽이고 신비롭다. '푸른 대게의 길'이라 부르는 B코스 첫발을 내딛는다. 해맞이공원 나무 데크 계단길이다. 산책로와 갖가지 조형물이 아기자기하다.

해맞이공원과 풍력발전난지가 조성된 경위는 이러하다. 1997년

이 일대에 큰 산불이 나 해안과 인근 산을 온통 태워 버렸다. 마을 개구쟁이들이 뱀을 잡는다고 뱀 구멍에 불을 지핀 것이 화근이었다. 며칠간 꺼지지 않은 불길에 주위 일대 해안은 황폐화되고 민둥산이 되었다. 불에 타다 만 나무로 나무 계단을 만들고, 그 불탄 자리 해안에 해맞이공원을 만들었다. 민둥산에는 풍력발전단지를 조성하여 아름다운 경관, 녹색 환경, 녹색 에너지 생산이라는 세 마리 대게를 다 잡았다. 에덴동산에서 사탄이었던 뱀 사냥으로 인한 산불이 이곳을 동해의 에덴동산으로 만들었다.

푹신한 흙길에 발바닥이 호강한다. 아련하게 들려오는 파도 소리는 두 귀를 황홀하게 한다. 바다는 나를 겸허하게 한다. 큰길로 오르고 걸어 대탄해변을 지난다. 삼거리 정자도 그냥 지나치고 오보해변으로 들어선다. 바다가 기암괴석에 앉아 해바라기하며 졸고 있는 갈매기를 멀리서 온 파도 소리가 흔들어 깨운다.

해녀상이 서 있다. 물질을 하여 자식을 키우고 살림을 살아가는 바다 마을 여인들의 성스러운 조형상이다.

"저 바닷속에 돈이 있지라우. 갯마을에 태어나 갯마을로 시집와 평생 물질하고 살아스니께요. 저 바닷속에 나의 모든 것이 있구만이라."

몇 년 전 부산 이기대 해안에서 모닥불로 몸을 말리던 어느 해녀와, 멀리 전라도 여수에서 왔다는 분과 나눈 대화가 잠시 머릿속으로 흘러간다. 나는 그때 해녀들의 밥상이, 사랑이, 바닷속에 있다는 것을 알았다.

노물리 마을을 통과하면서 해안 산자락길이 나타난다. 얕은 오르막 내리막과 또 오불꼬불 도는 길은 더없이 쉽고 편했다. 멀고 먼 옛날이야기 속에서 한없이 출렁출렁 밀려오는 파도는 나의 영혼을 이리저리 헹구어낸다.

◆ 길은 대나무 묵화 같은 한 폭 동양화

석리로 들어서자 길은 온통 돌길이다. 바닷가에도 모래는 한 줌도 보이지 않는다. 길가에 군인상이 있다. 동해 해파랑길은 과거 동해로 침투하는 무장공비들을 막기 위한 전방초소 역할을 한 길을 하나로 이은 길이다. 비록 지금은 자유로운 걷기 길이 되었지만 나라를 지키는 군인 정신은 영원히 유효하다는 조형상이다.

해송이 뿜어내는 공기가 맑고 상쾌하다. 바다의 오존이 소나무 피톤치드와 섞인 공기는 심신을 정화시켜 준다. 심호흡을 한다. 정신까지 맑아진다. 어느덧 경정3리에 도착한다. 역시 어부들이 사는 바닷가 마을은 어선들과 잡은 고기를 말리는 광경과 각종 어구로 너절하여 산만하나 삶의 생동감이 느껴진다. 이 어촌에는 유난히 갈매기도 많다. 사람이 접근해도 별로 놀라지 않는다. 아마 어부들과 더불어 살아온 오랜 시간이 이런 풍경을 만들었을 것이다.

부두이자 도로인 길을 지나자 아름다운 숲길, 해파랑길이 계속된다. 파도는 여전히 쉴 사이 없이 밀려와 갯바위에서 부서진다. '처얼썩 처얼썩 척 쏴아' 저 무한히 반복되는 파도 소리 그 하얀 물거품, 사람을 길리게 하는 무의미한 서 디오니소스식 생성과 소

차유마을에서 본 죽도산 전망대와 동해바다의 절경이 아름답다.

멸, 대체 어쩌자는 것인가. 의미없는 반복은 죽음과 같다는 것을 깨닫는다.

다음은 경정1리. 아름다운 동해 어촌마을을 지나고 바닷가 오솔길을 한 번 더 걸어 경정2리 차유마을에 닿는다.

대게원조마을비가 이곳에 있다. 고려 태조 왕건이 경정마을을 순시할 때 수라상에 대게가 올라 맛있게 먹었다는 기록이 있어 '영덕대게원조마을' 이라는 영광을 얻게 되었다. 또 해양수산부로부터 '아름다운 어촌마을' 로도 선정되었다. 대게는 발 마디가 대나무를 닮아 대게이며 쫄깃쫄깃하고 담백한 맛이 뛰어나며, 다량의 필수아미노산이 포함된 영양의 보고이다. 그렇게 돌아보니 오늘 걸어온 길이 어떻게 보면 대나무 묵화 같은 한 폭의 동양화였

영덕 블루로드 B코스, 동해바다와 함께 걷는 환상의 트레킹 길이다.

다. 차유마을은 어촌체험마을이다. 통발체험, 갯바위낚시, 맨손잡이 등의 체험을 할 수 있다.

◆ 걷는 것은 자연의 속도로 살아가는 것

이제 숲길로 접어든다. 오늘 트레킹의 날머리가 되는 축산항까지 1㎞ 남짓 남았다. 해송 삼림욕을 할 수 있는 우거진 숲정이길이 나타난다. 느닷없는 행운이다. 바닷가는 더욱 기암괴석과 간혹 가풀막진 해식애길이 나타나지만 위험이 없어 긴장되고 스릴만 넘쳐난다. 오사바사한 길이 끝나면 거기에 긴 백사장이 신기루처럼 나타나고, 축산항으로 건너가는 출렁다리인 현수교가 보인다. 그 뒤로 마치 이집트의 피라미드처럼 생긴 죽도산이 고주박잠을 사고 있다. 나는 백사장길 지나고, 출렁다리 건너면서 헝가리 무곡 제5번을 듣는다. 마음 저 아득한 바닥에서 들려오는 음악은 흰 물거품에 섞여 부서지곤 하던 나의 영혼을 정박시켜주었다.

죽도산 데크 계단을 올라 전망대에 선다. 북으로 뱀같이 구불구불한 해안과 후포항 더 멀리 푸른빛으로 하늘까지 닿는 바다가 보인다. 남으로는 오늘 걸어온 해안이 대게의 발처럼 이어지면서 멀리 해맞이 공원과 영덕 풍력발전단지의 바람개비가 아름답게 돌고 있다. 파란 바다 초록의 산군, 푸른 하늘을 배경으로 돌아가는 환상적인 바람개비들은 절경 중의 절경이다. 서로는 소가 누워있는 모습과 닮은 동해의 미항인 축산항이 보이고, 그 너머 대소산 봉수대와 작은 산군이 길게 늘어져 있어 내륙도 그야말로 천혜의 비경이다. 죽도산 자락 대나무 숲속에 조성된 데크길과 전망대도 예사로운 경치가 아니다.

전망대 안을 몇 바퀴 돈다. 전망대 벽에 걸어둔 세계의 유명한 등대 사진과 해설을 보면서 한 바퀴 돌고, 사방의 경치를 보면서 한 바퀴 돌고, 죽도산 자락길을 보면서 한 바퀴 돌고, 그래도 아직 삭지 못한 어떤 분노 때문에 한 바퀴 돌고, 그래서 몇 바퀴나 돌았다.

"바다를 꿈꾸는 산길, 걷는 것은 자연의 속도로 살아가는 것"이라는 A코스의 멘트가 끝까지 남아 있었던 영덕 블루로드 B길은 죽도산 전망대에서 최후의 불꽃을 태운다. 하얀 전망대 기둥에 원형의 얼굴을 한 전망대 방과 꼭대기에 태양을 상징하는 붉은 머리띠

를 두른 죽도산 전망대는 그 자체가 완성된 미학이었다. '코난 바다를 품다'라는 전망대 바로 아래 찻집을 지나고, 바다를 집게발로 집고 있는 축산항 접안도로를 걸어서 남씨 발상지에 도착해 트레킹 일정을 마친다. 블루로드 B코스는 마법의 향기 속을 걷는 판타지의 하루였다.

안개 속으로
사라지는
몰운대

몰운대~다대포~아미산 전망대
― 부산

몰운대 트레킹은 다대포 공영주차장에서 출발한다. 먼저 화손
대 방향으로 간다.

아미산 전망대에서 본 장림공단

다대포 겨울 바다는 서사시다. 장엄한 수채화다. 실핏줄 같은 개여울이 모여 작은 강을 만들고, 거기에 역사와 애환을 담아 큰 강이 되면서 1천300여 리를 유유히 흘러 온 낙동강이 바다와 만나는 하구언이 있고, 큰 강이 입 안 가득 물고 온 퇴적물을 뱉어내면서 그지없이 아름다운 모래섬을 만들고, 텃새와 철새들이 보금자리를 틀어 새들이 천국을 건설한 이곳, 부산 다대포 앞바다는 푸른 감동이다.

몰운대 트레킹은 다대포 공영주차장에서 출발한다. 먼저 화손대 방향으로 간다. 호수 같은 바다 건너 두송 반도가 보인다. 우거진 해송과 잘 다듬어진 길이 편하고 해방감을 준다. 빨간 씨앗을 모자이크한 돈나무도 있다. 겨울에 보는 빨간 열매로 눈이 충혈된다.

사백 년 전 몰운대는 몰운도라는 섬이었다. 낙동강 물의 토사 퇴적으로 다대포와 연결돼 육지가 되었다. 안개가 구름처럼 자주 끼어 보이지 않는 섬이라고 몰운대라 부른다. 수려한 해송이 이어지는 길은 희열을 준다. 바닷가로 내려가 화손대에 선다. 다대포 바다는 한 번 더 변신하여 절경을 선보인다. 파도에 깎여 나간 해식애와 사람과 사람 사이 틈을 비집고 서 있는 작은 섬, 동섬 쥐섬 동호섬을 본다. 눈썹 위에 떠 있는 아름다운 섬이다.

먼 바다부터 연안까지 곳곳에 배들이 떠 있는 광경은 황홀한 그림이다. 다대포와 몰운대는 조선시대 국방의 요충지였다. 임진왜란 초기 1592년(선조 25) 음력 9월 1일 벌어진 부산포 해전에서 이순신 장군이 가장 아끼던 녹도 만호 정운 장군 등 6명이 전사하다.

정운 장군은 해전이 일어나기 전 몰운대란 지명을 듣고 정운의 운이 다하는 몰운대라고 하면서 자신의 전사를 예고했다고 한다. 정운 장군이 전사한 음력 9월 1일을 부산 시민의 날로 정하여 부산시에서 추모행사를 하고 있다. 늘 푸른 아열대 숲이 울창한 둘레길은 점입가경이다. 빨간 치마를 입고 있는 예쁜 등대도 보인다. 해안 절벽 남쪽 해안경비 초소를 개방한 전망대에서 바라보는 대마도 방향의 탁 트인 바다는 오래 묵은 체증을 씻어 내리는 속 내림이 있다. 옛날 여행객이 묵어갔다는 다대포 객사를 지나고, 몰운대 시비를 구경한다. 그 우거진 숲길을 한바탕 걸어 다시 주차장으로 나온다.

낙동강 하구의 최남단 해발 78m의 몰운대는 그야말로 비경이고 명승지이다. 우리나라에 고구마를 처음 가져온 일본 통신사 조엄

아미산 전망대에서 본 낙동강 하구언 연안사주의 비경

은 해사일기에서 "아리따운 여자가 꽃 속에서 치장을 한 것 같다" 고 몰운대의 경치에 감탄했다.

다시 주차장으로 나와 해변 산책로를 걷는다. 데크 위를 걸으며 관망하는 바다와 섬 해안의 경치는 두고두고 잊을 수 없다. 제3전 망대까지 갔다 온다. 이제부터 해안공원으로 간다. 다대포 바다를 바라보는 광활한 해안에 부산 사하구는 생태탐방로를 준공했다. 2008년부터 8년 동안, 즉 2015년까지 307억 8천900만 원을 들여 연안정비사업을 마무리했다. 다대포 해수욕장 자연습지를 가로지 르는 '생태탐방로'가 새롭게 탄생했다. 이제 사진작가들의 단골 출사지가 되었다. 강과 바다가 만나는 곳의 풍부한 특산물인 재첩, 엽낭게, 조개, 해수식물을 체험할 수 있는 학습장도 있다. 아름다 운 해변, 바닷물이 백사장을 머금은 모랫길을 걸으며, 발자국마다 추억을 심는다.

이제는 아미산 전망대로 간다. 그 오금 저리는 해안 길을 걸어서 간다. 시간이 멈 추는 생의 한때, 그 찰랑거리는 파도를 이 고 간다. 바닷바람이 머리칼을 흔들고, 따 뜻한 햇볕이 서정을 적셔준다.

생태탐방로에서 이어지는 아미산 노을 마루길은 나무 데크 계단을 올라가는 길 이다. 군데군데 포토존이 있다. 아미산 전 망대에 도착한다. 저 멀리 을숙도에서 가덕도 거제도 사이 광활한 갯벌, 강물과 모래섬, 푸른 바다와 구름머리를 빗질하는 먼 하늘은 신이 빚은 축복의 왕국이다. 민물과 바닷물이 만나면서 탄생한 금빛 모래섬이 눈부신 생명의 터전을 이룬다. 풍요와 상상으로 터질 것 같은 모래섬은 살아서 움직인다. 감탄 또 감탄한다. 바닷물의 영향으로 해안선과 거의 평행으로 형성된 좁고 긴 퇴적 연안사주인 도요등-신자도-진우도 등은 일렬로 늘어서 마치 울타리를 쳐놓은 것 같다 하여 울타리 섬이라고 부른다. 게다가 삼각주로 대표되는 도요등, 백합등, 맹금머리등은 길쭉한 고구마 생김으로 선이 부드럽고 우아하여 더욱 아름답다. 이곳은 아름다움이 모성회귀하는 곳이다. 그토록 찾아다니던 꿈의 여행지가 바로 여기라는 것을 직감으로 느낀다.

하구언 일대는 동양 최대의 철새도래지이다. 이곳은 민물과 바닷물이 만나는 기수지역으로 수생식물이 서식하고, 물고기·조개·곤충이 풍부하고, 알을 낳고 새끼를 키울 수 있는 모래밭·갈대밭이 있어 새들이 살기에 천혜의 장소다. 을숙도에서 사자도 십리 등으로 광활하게 펼쳐진 하구언은 천연기념물 제179호로 지정되어 있다.

참새·때까치·노랑턱묏새·붉은머리오목눈이 등은 텃새이고, 백조·큰고니·흑부리오리·흰죽지·쇠기러기 등은 겨울철새이며, 황새·왜가리·뜸부기·쇠제비·갈매기·흰물떼새 등은 여름철새이다. 우리나라를 지나가면서 봄가을 잠깐씩 머무는 나그네새도 있다. 마도요, 좀도요, 노랑발도요 등 도요새 무리와 왕눈물떼새, 검

아미산 전망대로 올라가는 입구의 아미
산 노을 마루길 안내광고문

몰운대 전망대에서 다대포객사로 가는 트레킹 길

은머리물떼새 등이다. 그 곱고 예쁜 모래섬 같은 새의 이름을 공글려서 불러본다. 그때마다 입술에서 쉬, 쉬 소리를 내며 날아오르는 새떼, 이건 숫제 판타지다. 그러나 자연의 맑은 공간을 비집고, 장림공단과 아파트단지가 시선을 빼앗기도 한다. 인간은 자기를 낳아 주고 길러준 자연을 종내 파괴하고 말 것인가.

스키 슬로프처럼 길게 데크로 연결된 아미산 전망대는 가장 뛰어난 뷰 포인트다. 이곳에 서면 눈이 두근거리고 탄성을 지르게 된다. 낙동강 유역에서 신석기 문화의 대표 유적 빗살무늬토기가 대량 발굴되었다. 그 빗살무늬토기의 빗살처럼 햇빛이 내리고, 전적으로 자연에 기대어 살아가던 원시인들의 그림자가 아롱거린다. 무너지는 자연을 복원할 수 있을까. 인간은 돌아올 수 없는 다리를 건너고 있는지 모른다. 저녁 시간 가덕도 연대봉으로 넘어가는 그 찬란한 일몰을 볼 수 없어 아쉽지만, 언젠가 다시 찾아와 그 일몰과 함께 붉은 꽃불로 저무는 내일을 꿈꾸며 돌아갈 차비를 한다.

갈매기 천국이자
평화로운
바닷새 터전

암남공원 갈맷길
— 부산

해안선을 따라가는 암남공원 갈맷길은 겨울의 가장 아름다운
율동이다.

송림공원~암남공원 구간의 송도 해상케이블카

해안과 바다는 운무에 싸여 있다. 간간이 겨울비가 내리기도 했다. 일기예보에 전국적으로 비나 눈이 온다고 하더니만. 과연 틀림없다. 과거와 달리 이제 족집게 기상예보가 되었다. 해안은 회색빛 물안개가 피어올라 그대로 겨울 추상화다. 중년 여인의 우울증 같은 물안개는 추위와 습도 때문에 더 을씨년스럽다. 저 도시의 스모그 닮은 물안개를 따라가면 우중충한 하늘이 보이고, 그 너머에 있는 서울에는 폭설이 내렸다. 첫눈으로는 삼십몇 년 만에 가장 많이 내렸다고 한다.

첫눈은 첫사랑처럼 순결하고 시의 모국어다. 그럼에도 그렇게 속된 정치판에서 사용하고 있다. 이제 시인들의, 화가들의, 가수들의 의식에서 첫눈은 탈첫눈이 될지 모른다. 그러나 첫눈은 누구에게나 사랑의 그림이고, 마음에 항상 내리면서 쌓이는 눈 나라 편지다.

그때 그 잿빛 하늘에 송도 해상케이블카가 움직인다. '부산 에어크루즈'라는 새로운 이름표를 달고 겨울 하늘길을 가고 있다. 송도해수욕장 동쪽 송림공원에서 여기 암남공원까지 1.62km 구간을 운항한다. 암남공원 갈맷길에서 보는 케이블카는 마냥 신기하기만 하다. 그 물안개 짙은 바다 위 허공을 지나서, 먼 섬처럼 아련한 해안선으로 가는 하늘의 크리스털 케빈은 나의 공상을 한껏 나래 치게 한다. 아래로 들머리인 암남공원 주차장이 차츰 멀어진다. 해안선을 따라가는 암남공원 갈맷길은 겨울의 가장 아름다운 율동이다.

겨울비는 내리다가 멈추고, 멈추다가 다시 내린다. 그 오전에 듣는 바닷소리에 시나브로 옷이 젖는다. 갈맷길은 해양성 나무와 기암절벽 아래로 보이는 바다로 절경을 이루고 있다. 저 안개 사이로 떠 있는 크고 작은 배들은 무슨 꿈을 꾸고 있을까. 서울에서 내리는 눈이 여기서는 비가 되어 싸락싸락 내린다. 첫눈이, 첫사랑이 비가 되어 내 눈에 고인다.

바람이 불면 바다는 슬픔 같은 건반을 치며 가라앉았다가 떠오르기도 한다. 그러나 바다에서 불어온 바람은 전혀 낯설지 않다. 갈매기 울음과 파도 소리가 잔뜩 스민 바람은, 끓고 있는 밥물처럼 온몸을 데운다. 잠깐 햇빛이 나오기도 한다. 여우비다. 출렁다리를 지난다. 몸이 출렁거릴 때마다 내 작은 방울은 마음에서 울린다. 그 고즈넉한 절 마당에서 듣는 풍경 소리에 공명하며, 울리던 내 작은 방울 소리가. 간혹 목이 꽉 잠길 때마다 어둡고 깊게 울리던 내 작은 방울 소리가. 나는 지금 내가 가는 곳을 알 수가 없다. 서 작은 방울 소리가 들리지 않을 때까지. 나는 나의 의식을 회복할 수 없다. 겨울비가 내리는 해안의 나무숲은 시(詩)다. 그게 겨울의 시다.

◆ 포구나무 쉼터에서 후문까지

포구나무(일명 팽나무) 쉼터가 나온다. 예부터 나무꾼이나 나물 캐는 처녀, 해안의 초병들이 식수를 구하는 유일한 장소였다. 그 옛날 바다를 터전으로 살아오던 아낙네들이 마을 고개 너머 이곳에 찾아와서 먼 바다로 떠난 남정네를 그리워하며, 무사히 돌아오기를 빌며 흰색 붉은색 천을 나무에 두르고 맑은 샘물 한 바가지 정화수로 올리고 기도하던 곳이다. 포구나무 의자에 앉아 원시의 숲과 바다를 본다. 여기 어느 곳엔가에서 그 옛날 기도하던 여인들의 모습을 한번 그려본다.

자리를 털고 일어서는데, 겨울비가 더 많이 추적추적 내린다. 하릴없이 우산을 쓴다. 두도전망대 이정표가 나온다. 비는 더 줄기차게 내린다. 저 주룩주룩 내리는 빗소리에서 갈매기 울음을 듣는다. 여기는 새들의 땅이다.

인간은 언제부터 하늘을 나는 꿈을 꾸었을까. 두도전망대에서 바다와 두도를 본다. 여기 모지포 원주민들은 두도를

암남공원 해안절과 바다의 미경

암남공원 두도전망대에서 본 바다의 비경

150
방방곡곡 실을 삼다 **151**

겨울비와 낙엽이 아름다운 암남공원 갈맷길

대가리 섬이라 부른다. 어감이 투박하다. 두도는 개발의 발톱이 비
껴간 원시의 섬이다. 인간의 손길이 닿지 않은 곳은 자연의 축제장
이다. 저 암남반도 남동쪽 바위섬 두도는 '갈매기의 천국'이다. 갈
매기와 다양한 바닷새들이 터전을 이루고 평화롭게 산다. 섬 주위
로 해식애가 발달해 있다. 겨울비 내리고, 바위섬에는 새들이 날아
오르고, 바다는 슬픔과 그리움을 몇 섬씩 지고 파도친다. 차라리
이렇게 이 두도전망대에서 영원히 서 있고 싶었다.

　그 겨울비, 겨울 섬, 겨울 바다, 회색의 갈매기 울음, 모두가 슬픔
이고 그리움이다. 그 내면에서 완성으로 이끌어 가는 기쁨이, 슬픔
과 그리움이란 것을 이야기할 때가 되었다. 아직 때가 되지 않았다

고, 언젠가 때가 되면 사랑의 노래를, 당신의 목소리를 닮은 악기를 연주하겠다고 약속한 그 바닷가의 풍경이 슬픔이고 그리움이란 것을 이제야 알게 되었다. 그 누군가가 저 빗속으로 사라지듯이 서둘러 가버리는 시간의 틈으로 나도 당신도 사라지게 된다. 그것이 어찌 슬픔이 아니고 그리움이 아니랴. 우리가 입술이 닳도록 뱅뱅 굴리던 사랑도 오로지 관능만의 마술이 아닐까.

아무리 극적인 사랑의 신화도 비극이 없으면 의미가 없고 관객도 없다. 오늘 암남공원 갈맷길 트레킹의 시간만이라도, 그리고 함께 슬픔과 그리움에 푹 젖어 걸어보고자 한다. 두도전망대에서 돌아 나온다. 비는 하염없이 내린다. 안개가 지나간 숲은 이미 동화의 나라다. 두 갈래 길이 나타난다. 풀이 더 무성하고 사람이 덜 다닌 길로 걷는다. 이 길을 걸어도 다른 길과 만나게 될 것이지만. 길은 헤어지고 만나고 한다. 우리가 헤어지고 만나고 하듯이. 남동쪽 바다 해변이 나타난다. 부산환경공단 중앙사업소와 국제수산물도매시장이 보인다. 규모가 놀랍다. 그 저편으로 감천항이 보이고 아직은 해가 남았는지, 구름 사이로 붉은 햇무리가 언뜻언뜻 보인다.

어느덧 비가 그쳤다. 그 흐느끼듯이 내리던 겨울비가. 나는 네가 그렇게 빨리 그치는 것을 보고 한탄한다. 내리는 겨울비의 비애로움을 마음에 담아 집으로 가려했지만, 너의 음악은 너무나 짧아 나의 작은 방울에 악보를 미처 적을 수가 없다. 나의 평생 여행이 너처럼 짧고, 나의 오늘 트레킹은 그것보다 더 짧다. 제3전망대가 나온다. 날씨가 맑았다면 활기가 넘쳐날 부산 바다의 풍경이 썰렁하고 황량하다. 비 온 뒤의 개운치 못한 도시는 회색의 풍경화를 그린다. 그런데 그때 느닷없이 구름이 걷히면서 햇살이 비친다. 사방의 공간이 밝아지며 형언할 수 없는 환희의 공간이 펼쳐진다.

이맘때쯤이면 고질병처럼 나타나는 형이상학의 술래잡기에 오니가 된다. 그리고 영혼이나 사후 세계는 있는지, 우주는 왜 탄생되었고 과연 신의 솜씨인지. 영혼과 사후 세계, 신의 개념 역시 과학 실험과 증명으로는 밝힐 수가 없다. 이런 비물질적인 세계는 과학의 영역을 뛰어넘기에 실험과 증명은 무의미하다. 형이상학은 비물질인가, 반물질인가. 이제 물질의 역학구조를 이해하는데 신(神)이 더 이상 필요 없게 되었지만, 자기의 생명을 희생하는 사랑과 지치지 않고 삶의 의미를 찾아가는 수많은 사람에게 아직 신은 절대자다.

현재 물질에 대한 과학적 해석은 거의 다 되었다고 한다. 그러나 털 없는 원숭이로 지구에 출현한 인류에게 우주는 여전히 두렵고 신비스러운 곳이다. 과학과 인문학의 발달로 이제 인간은 스스로 신을 경험할 수 있다고 한다. 그러나 신이 될 수는 없다. 겨울비 직후 저 도시와 바다의 공간이 신비이듯이 나의, 우리의 마지막 신비는 비물질 방울 소리를 들을 수 있는 '나'라는 존재일 것이다.

3부

길

임란 진주대첩에
기원을 둔
유등행사

에나 대나무길
— 경남 진주

　진주 에나길 들머리 숲에 서서, 노란 우산에 떨어지는 가을비
소리를 듣는다. 철벅거리며 산짐승 마냥 숲길을 걷는다.

가을비 내리는 환상의 진주 에나 대나무길

가을비가 내린다. 진주 에나길 들머리 숲에 서서, 노란 우산에 떨어지는 가을비 소리를 듣는다. 비에 젖은 등산화를 철벅거리며 산짐승 마냥 숲길을 걷는다. 남강이 피워 올리는 물안개가 흐릿하다. 무언가 보이는 듯도 했는데, 아무것도 보이지 않는다. 남강은 비의 소나타로 흐르고, 나는 비의 그리움으로 걷는다. 가을비는 빗속을 걸어가는 누군가의 연인이 되어 등을 도닥여 준다. 뼛속까지 울리는 가을비 소리에 이가 딱딱거려, 입술에 시를 굴려본다.

> 지금 그 사람 이름은 잊었지만/ 그 눈동자 입술은/ 내 가슴에 있네/ 바람이 불고/ 비가 올 때도/ 나는 저 유리창 밖 가로등/ 그늘의 밤을 잊지 못하지
>
> - 박인환 「세월이 가면」 부분

애잔한 이 사랑 노래는 신선한 감동과 가을비 같은 촉촉한 서정을 전해준다. 상실의 아픔과 슬픈 자아의 모습이 가을비에 젖은 나뭇잎처럼 비장감을 준다. 이 애상적인 시를 대하면 나는 쉽사리 감상에 빠지고 방황하게 된다.

◆ 진주 에나길 망진산 가좌산 트레킹

가을비에 등산화도, 나의 감정도 차츰 젖는다. 이윽고 진주 5경인 망진산 봉수대가 나타나고, 적막한 분위기에 소름이 돋는다. 가까이 있는 망진산 정상을 지나 가좌산으로 방향을 잡는다. 비는 어

어마어마한 규모의 유등 터널. 그 길이가 1㎞를 넘는다.

전히 내리고 이 고적한 산속에, 나뭇잎에 후드득후드득 떨어지는 빗소리가 마치 나를 부르는 소리 같아 뒤돌아본다. 아무도 없다. 빗줄기 속에 어른어른하는 환각만 어지러울 뿐. 작은 언덕이나 몇 차례 오르락내리락하며 가좌산 정상을 지나 연암공대 방향으로 간다. 맨발로 걸을 수 있는 황톳길이 나온다. 다음은 편백숲이다.

　50~60년은 족히 자란 편백나무숲이 가랑비 속에 나타난다. 편백은 꿈꾸는 나무다. 멀리서도 신의 음성을 들을 수 있는 나무다. 편백숲 사이로 이어지는 나무 데크길은 희열이다. 나는 천천히 걷는다. 다음은 대나무숲이다. 여기도 숲 사이 데크길이 있다. 편백과 대나무로 연결되는 완벽한 트레킹 길이다. 거듭 감탄, 감탄한다. 성숙기에 하루 120㎝씩 자라기도 하면서 40일간 자란다는 대나무. 대나무는 성품이 맑고 서늘하며 그 소리가 사랑스럽다. 푸른색과

임란 때 진주성 전투를 나타낸 유등축제장

군더더기 없는 줄기와 잎은 지조와 절개를 의미한다. "시는 나 같은 바보가 만들지만, 나무는 오직 하느님만 만들 수 있다." 조이스 킬머의 시가 오감에 자수를 놓는다. 오후에 시작한 진주 에나길 트레킹을 마치고, 진주성 서문으로 이동한다.

◆ 진주성 유등축제와 진주 비빔밥 맛 기행

2016년 진주 남강 유등축제를 관람하러 발길을 돌린다. 그럭저럭 비가 그치고 야간에는 입장이 제한되는 촉석루와 의암을 먼저 탐방한다.

진주 1경인 촉석루는 "자나깨나 백성들과 함께한 누각, 예서 세상인심 환하게 드러났네. 임진, 계사 묵은 함성 나라 지켜 몸 바친 뜻, 충절의 일번지로 오늘 다시 드높이세"라고 설명이 되어있다.

영겁의 푸른 강물로 흐르는 남강을 굽어보는 촉석루는 단연 진주의 비경이며, 진주민들이 모여 애환을 즐기는 명소다. 남강 의암은 제2경이고 "버림으로 얻은 사랑, 절개로 되살아나 입 다문 님의 진실 사리로 굳었네. 의기 논개 붉은 마음, 노을보다 더 고우니 400년 물굽이도 이제금 푸르나니" 역시 같은 설명이다.

아직 유등에 불이 들어오기 전이므로 황황히 촉석문 앞 식당으로 가 저녁으로 진주비빔밥을 먹는다. 진주비빔밥을 꽃밥 또는 칠보화반이라 한 것은, 황금색의 둥근 놋그릇에 여러 가지 계절 나물이 어우러져 일곱가지 색상의 아름다운 꽃 모양을 하고 있기 때문이다. 여기에 보탕국, 붉은 엿고추장, 소고기 우둔살, 양념한 육회를 얹어 먹는다. 또한 비빔밥과 같이 나오는 선짓국에는 살코기와 선지, 간, 허파, 천엽, 내장을 푹 곤 국물에 작고 도톰하게 썬 무와 콩나물, 대파가 들어가 입맛을 부드럽게 해주면서 특유의 얼큰한 맛을 낸다. 비빔밥을 뚝딱 해치우고 밖으로 나온다. 그사이 어느덧 유등에 불이 들어오고, 진주 유등축제의 서곡이 울린다.

진주성 앞 남강에 등을 띄우는 유등행사는 임진왜란 3대첩의 하나인 진주대첩에 기원을 둔다.

임진년(1592) 10월, 3천800명의 조선군과 2만 명의 왜군이 벌인 제1차 진주성 전투는 10일간 이어졌다. 칠흑같이 어두운 밤에 유등을 띄워 남강을 건너려는 왜군을 저지하는 전술로, 한편으론 성 밖 가족에게 안부를 전하는 통신수단으로 사용했다. 후일 진주민들은 임진 계사년의 국난극복에 몸을 바친 순국선열들의 넋을 위로하기 위해 남강에 유등을 띄웠고, 이 전통은 면면히 이어져 대한민국 글로벌 축제인 진주 남강 유등축제로 자리 잡았다.

'빛으로 되살아난 진주성', 즉 성안의 등(燈)을 관람한다. 진주성 전투 재현 등, 한국의 풍습 등을 비롯하여 십수 개 테마를 달고 있는 등을 보고 촉석문 쪽 부교를 건넌다. 이제 남강 수상 등을 구경한다. 진주의 혼을 상징하는 논개·김시민 장군·3장사 등에 이어 세계의 불가사의 등인 만리장성·피라미드·예수상·스톤헨지 등과 수상무대·한국의 아름다움·세계의 풍물·이솝우화·명작동화·명화 등을 보며 걷는다.

진주성과 남강은 온통 황홀한 빛의 왕국이다. 위쪽 부교를 건넌다. 관광객들이 인산인해를 이룬다. 얼핏 봐도 크게 성공한 축제임을 느낀다. 이제 돌아갈 밤길의 먼 여정만 남았다. 서문주차장에서 차에 오른다. 진주를 벗어나자 언제 날씨가 갰는지 밤하늘 별빛이 찬란하다.

말문에
빗장을 지르는
겨울 유채화

우포늪
— 경남 창녕

물도 아닌 늪, 아름답고 신비한 천연습지인 저곳은 자연적인
것이, 살아있는 동식물 종이, 거의 모여 있는 자연사박물관

낙조가 매우 아름다운 겨울 우포늪. 금빛 노을과 철새들이 판타지다.

소벌은 우포늪의 본명이다.

현지 마을 소목 부근의 지세가 소의 형상이고, 소목 뒤편의 우항산이 소의 목 부분에 해당해 붙여진 명칭이다. 제1전망대에서 바라보는 우포늪은 말문에 빗장을 지르는 겨울 유채화다.

뭍도 물도 아닌 늪, 아름답고 신비한 천연습지인 저곳은 자연적인 것이, 살아있는 동식물 종이, 거의 모여 있는 자연사박물관이다. 지구촌에서 가장 생명 부양지수가 높은 생태계이다.

더구나 지금은 겨울, 우포늪의 공간을 점령한 철새들이, 물속에서 검은 뻘에서 먹이를 찾고, 때론 수면 위를 활주로처럼 날아오르고, 각자 특유한 소리로 한껏 우는 자유로운 철새 공화국이다. 그뿐만이 아니다. 새벽에 자주 끼는 물안개, 저녁이면 온 하늘과 늪의 나라를 붉게 물들이는 낙조는 우리에게 잃어버린 감동과 설렘을 되돌려 준다.

◆ 부엉덤 따오기와 '은빛 무용수' 겨울 갈대

먼저 시계 침 방향 부엉덤으로 간다. 왼쪽 길 위로 우포 따오기 복원센터가 있다. 솟대와 같이 토템 신앙의 소재로 이용되기도 하고, 과거 우리나라 농촌에서 쉽게 보는 친근한 종이었으나 1970년 후반 이후 종적을 감춘 천연기념물 제198호인 따오기를 복원하는 건물이다.

우리나라 사람이라면 누구나 부르는 '오빠 생각'과 '따오기 노래'를 히밍해 본다.

"보일 듯이 보일 듯이 보이지 않는, 따옥따옥 따옥 소리 처량한 소리, 떠나가면 가는 곳이 어디 메이뇨, (후략)"

'따오기 노래'는 구성지다. 뜸부기, 뻐꾸기, 따오기는 한민족의 가슴속을 구슬프게 날아다닌다.

부엉덤을 지나면 사초군락지다. 온통 갈대밭이다. 키만큼 웃자란 갈대 속을 걷는다. 겨울 갈대는 은빛 무용수다. 많은 생명을 기르고 감추고 있는 갈대는 하얀 사랑으로 서걱인다. 갈대는 작고 예쁜 바람에도 나부끼며 그렇게 환상의 춤사위를 보인다. 갈대 군락을 지나면서 나도 하나의 갈대가 된다. 인간은 갈대에 불과하다는 어느 철인의 말이 용한 점쟁이의 점같이 딱 맞아떨어진다. 버들 군락지가 나타나고 길이 없어진다. 만약 길만 이어진다면 나는 갈대

수많은 겨울철새가 늪을 점령하고 있는 겨울 우포늪의 신비한 풍광

의 흐느낌을 들으면서 그 길이 다할 때까지 하염없이 걸었을 것이다. 나는 하릴없이 되돌아 나온다.

아까 보아 둔 징검다리를 건넌다. 왼쪽으로 가면 큰기러기와 노랑부리저어새가 사는 쪽지벌이 나오지만 다시 돌아와야 하는 부담이 있어 아예 목포제방으로 간다. 1억4천만 년의 수명을 가진 우포늪은 나목, 마른 수초, 갖가지 철새, 겨울 하늘 잿빛 구름까지 담아 애틋한 풍광을 드러낸다. 목포제방에서 보는 소벌에는 중대백로, 물닭, 쇠오리가 많고, 나무벌인 목포에는 청머리오리, 넓적부리오리, 고방오리가 많다. 제방을 지나 우항산 숲 탐방로 3길로 들어선다. 제2전망대에 들러 잠시 휴식을 하며 우포늪 안내지를 본다.

우포늪(우포·목포·사지포·쪽지벌의 총칭)은 우리나라에서 가장 큰 자연내륙습지로 창녕군 유어·이방·대합·대지면의 4개 행

정구역에 펼쳐 있다. 1998년 3월 국제 람사르협약에 등록되었고, 1999년 2월 환경부의 습지보호지역으로 지정되었으며, 2011년 1월 천연보호구역으로 지정되어 보호되고 있다. 2012년 2월 습지개선지역으로 또 지정하였다. 우포늪은 신의 문자인 '영원히' 보호되어야 할 자연 생태계의

보고임을 느낀다.

◆ '자연의 자궁' 깊은 곳 늪의 명물 이마배

우포늪 뻘은 자연의 자궁이다. 검푸른 색으로 생명을 만드는 물은 정액이다. 수생식물만 하더라도 창포, 매자기, 애기부들, 물억새는 물가에 산다. 줄, 마름, 가시연꽃, 노랑어리연꽃은 물 위에 잎을 내며 산다. 검정말, 나사말, 통발은 물속에 잠겨 산다. 생이가래, 자라풀, 개구리밥은 물 위에 떠서 산다. 이름도 살아가는 방법도 참으로 다양하고 아름답다. 저 늪에는 영혼이 있다. 백 세 인생에서 마감되는 인간도 영혼이 있다는데, 1억4천만 년의 나이를 가진 저 늪에 영혼이 없겠는가.

숲 탐방로는 최적의 트레킹 길이다. 소목나루를 지난다. 쪽배 또는 나룻배라 부르기도 하는, 우포늪의 명물 이마배 네 척이 나루에 떠 있다. 이마배는 늪에 가득 자라는 수초를 헤쳐 나가기 위해 뱃머리 이마를 곧추세운 목선이다. 그 풍광은 한 편의 시다. 주매제방을 걷는다. 초등 교과서에 나오는 우포늪 반딧불이 주매마을의 제방이다. 매화 꽃잎처럼 나지막한 동산으로 둘러싸여 있다고 주매마을이다. 이 인근에 이성계와 함께 위화도회군을 하여 역사에 자주 나타나는 요동정벌군 좌군 도통사 조민수 장군의 묘소가 있다. '육룡이 나르샤' 란 연속극에도 등장한다.

우항산 제2전망대에서 바라본 겨울 우포늪

◆ 우웩, 까르, 뚜루, 꿔이… 새들의 오케스트라

다시 숲 탐방로2길로 오른다. 야산이고 소나무 군락이 우거진 길을 걸으면서 기쁨을 느낀다. 숲길이 끝나고 사랑나무 군락지를 통과하고, 사지포 제방을 걷는다. 왼쪽에 있는 일명 모래벌인 사지포는 물옥잠과 버들군락, 큰고니, 큰기러기가 집단으로 모여 산다. 드디어 잠수교를 건넌다. 창녕 화왕산에서 흘러온 토평천 물이 유입되는 곳이다. 자전거 반환점을 지나면 대대제방이다. 바로 우포늪으로 부르는 소벌의 주 제방이다. 지금은 우포의 사계절 중 가장 많은 철새가 관찰되는 겨울철이다. 철새늘이 우는 울음소리가 장엄하다. 우웩우웩, 까르까르, 뚜루뚜루, 까악까악, 빼약빼약, 꿰이 꿰이 저 맑고 생금 같은 소리가 우렁우렁 귀를 두드린다. 왠지 전신이 부르르 떨린다. 단지 춥다는 이유만은 아닐 것이다.

우리가 한낱 날짐승으로 여기는 저 새들의 오케스트라는 등골을 아프게 타고 내리는 영혼적인 것이 있다. 사자가 포효하면 모든 동물이 오줌을 지리며 몸서리친다고 한다. 그것과는 다른 저 새들의 대성통곡은 관능을 쪼아 상처를 내는 검독수리부리 같은 힘과 날카로움이 있다.

한 떼의 새들이 날아오르며 군무를 춘다. 이제 막 붉어지기 시작하는 노을을 반사하는 늪의 수면이 홍반을 그린다. 그 붉은빛 무리를 헤집고 추는 새들의 군무가 오팔 보석같이 아름답다. 시시각각으로 변하는 색의 신비와 새의 울음, 이건 문자로 나타낼 수 없다. 한순간 몸이 얼어버리고 마비돼 버린다. 저 새들의 진혼곡 같은 울음에 밀려나는 인간의 이기심과 파괴성을 본다. 회청색의 바탕에 불그스레한 물감이 번지는 듯 하늘에서 새떼의 군무는 차라리 신비고 저녁 기도다. 밀레의 만종 위에 그리는 새들의 만종이다.

◆ 1억4천만 년 전, 첫날도 저토록 붉었을까

점점 기울기 시작하는 겨울 해는 더 붉어지고 비감하다. 우포늪이 탄생하던 날에도 일몰은 저토록 붉었을까. 그때도 새들이 날아오르고 저렇게 군무를 추고 있었을까. 그 찬란한 풍광에 몰입되고 넋을 빼앗긴다. 드디어 해가 서산으로 넘어간다. 해가 보이지 않아도 하늘에 남아 있는 붉은 노을빛은 오히려 더 선명하다. 마치 붉은 물감이 확 퍼져서 번지는 추상화 같다. 해가 불타는 듯이 눈을 태울 때는 어지러웠다. 지금은 시야가 그지없이 편하고 우포늪의 하루를 돌아보게 하는 시간의 잔영이 수면 위에 일렁거린다.

한쪽에서는 탄생과 성장이, 한쪽에서는 죽음과 소멸이 무수히 공존하는 우포늪. 뭇 생명을 품어주며 억겁의 세월을 곰삭혀 온 늪의 모정. 저 갈대꽃 이삭에 안식하는 태고의 잠. 뻘에 고여 있는 원형질, 고여서 썩고 썩으면서 생명을 이어가는 거룩하고 경이로운 탄생의 유전자.

이제 날머리로 향한다. 어느새 샛별이 나타나 눈을 흘긴다.

한국관광의 별 우포늪. 2015년 한국관광 100선 온라인투표 1위의 우포늪. 끝이 가물가물하게 보이는 70만 평(약 231만 ㎡)을 자랑하는 국내 최대 자연늪인 우포늪. 이제 이별의 시간이 되었다. 아내를 닮은 보름달이 샤방샤방 떠오르면 떠날 수 없을 것 같아 걸음을 빨리한다. 입구 주차장에 나와 또렷한 샛별에게 말한다. 이 겨울 다 가기 전에 또 한 번 오겠다고 전해라.

전설 따라
걸을수록
마음의 곳간엔 복福

부잣길과 정암나루
— 경남 의령

월령천변을 따라 만든 월척기원길은 의령 부잣길 들머리다. 풍
수에서 물은 돈이고 재물이다.

임진란의 승전지이며 정승에 버금가는 세 명의 큰 부자가 난다는 정암

인간의 욕망은 빅뱅이다. 미지의 우주, 지금도 팽창하는 어마어마한 힘 속에 인간의 욕망도 섞여있다. 인간이 가장 원하는 욕망의 엑기스는 부귀와 영생이다. 부귀는 인간 스스로 만드는 것이고, 영생은 신(神)이 만드는 다른 차원의 세계다.

◆ 자기로 돌아가는 텅 빈 길

월령천변을 따라 만든 월척기원길은 의령 부잣길 들머리다. 풍수에서 물은 돈이고 재물이다. 저렇게 누런 흙물이 갈대를 키우고 피리, 붕어, 갈겨니, 버들치를 기른다. 쇠백로, 왜가리가 한가로이 먹이를 뒤적이는 저 작은 강은 먹이사슬의 톱니바퀴로 흐른다.

들판길에 든다. 하늘이 방목하는 바람을 뜯어먹고 되새김질하면서 햇빛은 들판에 누웠다. 들판길은 진짜배기 맛이 나는 길이다. 자기로 돌아가는 텅 빈 길이다. 저 들판에는 무언가가 있다. 어떤 무형의 숨겨진 환영이 있다. 쉬지 않고 내 속의 욕망을 빼앗아가는 그런 에너지가 있다. 황금의 벼를 추수하고 들판이 제 모습을 드러내듯이. 내 속의 황금빛 욕망이 사라질 때 나의 제 모습이 드러난다. 허허로운 이 길은 자기를 찾을 수 있는 부잣길이다.

월척기원길이 끝나고 금강교 다리를 건너 오르막을 오르면 이내 탑바위가 있고, 남강과 함안 법수 방향 더 넓은 평야가 시야에 들어온다. 진주성 주논개의 붉은 혼을 담아 흐르는 남강은 무지 아름답다. 먼 들녘의 수려한 풍경에 감탄을 금치 못한다. 빌면 하나의 소원은 꼭 들어준다는 탑바위는 매우 특이하게 생겼다.

탑바위에는 전설이 전해온다. 옛적 이곳에는 두 개의 탑바위가 있었다. 그런데 강 건너 함안 백산마을에 장애아가 자꾸 태어났다. 견디다 못해 마을 사람들이 어느 도인을 찾아가 물었다. 도인은 강 건너 있는 의령의 두 개 암수 탑바위 때문이라고 했다. 탑바위 하나를 부수어야 재앙이 없어진다는 것이다. 이에 백산마을 장정 7명이 강을 건너와 암 탑바위를 부수었다. 그후 탑을 부순 장정 중 두 명은 강물에 빠져 죽고, 다섯 명은 병으로 죽은 후 백산마을에 장애아가 태어나지 않았다.

왜 이런 납득하기 어려운 알쏭달쏭한 전설이 마을에 남아 전해 오는지, 아무튼 하나의 소원은 꼭 들어준다는 안내판의 설명을 다시 본다. 탑바위를 돌아 나와 비구니 도량인 불양암에 간다. 암벽으로 된 절벽 공간에 제비집처럼 아슬아슬하게 불양암이 있다. 탑바위와 불양암은 영검이 있는 기도처로 알려져 있다. 불양암 탐방을 마치고 지척에 있는 호미산성을 오른다.

◆ 왜구 막기 위한 담장 같은 호미산성

호미산성은 남강변의 자연 절벽을 효과적으로 이용하여 산봉우리를 중심으로 9부 능선에 흙과 잡석으로 쌓은 테뫼식 산성이다. 지금은 정상 언저리에 200m가량 흔적이 남아있다. 가야의 산성일 거라고 추측해 본다. 임진왜란 때는 곽재우 홍의장군이 유격전을 펼쳐 왜적의 서부 경남 진출을 저지한 유서 깊은 산성이다. 마치 서부영화에 나오는, 악당으로부터 마을을 지키기 위해 쌓은 담장 같은 호미산성, 그리고 봄 햇살이 전신을 토닥여 주는 호미산은 골고다 언덕처럼 아련하고 경건하다. 산성은 악으로부터 선을 지키는 사랑이다. 무덤이 즐비한 호미산성은 사랑과 죽음이 스크럼을 짠 공간이다. 성과 무덤이 상징하는 사랑과 죽음은 인간의 영원한 키워드다. 다시 걷는다.

산줄기 끝자락에 있는 호미마을에는 당산나무 할배돌과 할매돌이 있다. 마을에 길흉이 있을 때 당산나무 할배돌에는 돼지머리 위뼈를, 마을에 있는 할매돌에는 돼지머리 턱뼈를 묻어 제를 지내고 마을의 안녕과 번창을 기원한다. 호미마을을 지나 들머리였던 월현천 반대 제방으로 해서 돌아나간다. 띄엄띄엄 낚시꾼이 보인다. 물고기 낚는 것은 세월을 낚는 것이다. 단막극인 인생에서 세월을 미끼로 세월을 낚시할 기회가 몇 번이나 있겠는가. 당신이 인내하며 낚아 올린 고기는 기다림의 목어고 세월의 분신이다. 이것도 저것도 세월의 강물 따라 떠내려가고, 오늘의 트레킹, 이 또한 지나가리라. 어느덧 날머리가 아슴하게 보인다.

의령 부잣길은 한 바퀴 돌고 나면 흐뭇하고 마음이 부자가 되는 즐거운 길이다. 이 길에는 월현천의 철새와 낚시꾼, 탑바위, 불양암, 호미산성, 호미마을이 있다. 걸어오는 등 뒤에서 호미산이 뒷덜미를 당기는 것 같다. 마치 골고다 언덕 같은 호미산은 신의 부재로 고통받는 우리에게 성육신인 그리스도의 환상을 느끼게 한다. 호미산은 갓 푼 햅쌀밥에서 모락모락 피는 김 같은 생명력을 가진 종교적인 몽환이 있다. 정곡마을에 돌아와 호암 이병철 생가를 관람하고 이십 리 길에 있는 정암진으로 이동한다.

　정암진에 가면서 의령군 소재지에 있는 종로식당에 들러 점심을 먹는다. 이른 봄 찬바람 헤집고 뽀오얀 김 모락모락 피는, 시골장터 입담을 구수하게 바꾸는 왁자지껄한 그 집, 종로식당은 본가 2대 50년 전통의 소고기 국밥집이다. 국산 누렁이 황소 갈빗살, 양지살, 뱃살을 삶아 국거리와 수육 더 넣어 가마솥에 팔팔 끓여내는, 버얼건 국밥을 뚝배기에 담아내면 먹기도 전에 침이 먼저 목구멍에 간지럼을 먹인다. 5일장 보고 시장한 뱃구레에 구수한 국밥 냄새가 쫄래쫄래 허리띠를 졸라매는데, 숫제 환장할 지경이다. 상이 나오자마자 입천장 데어가며 후루룩후루룩 마구잡이로 퍼먹는데, 정신을 차리지 못한다. 과거 박정희, 전두환 두 전직 대통령이 와서 구수한 국밥을 뚝딱뚝딱 게 눈 감추듯이 먹었다고 '대통령 국밥집' 이라 부르기도 한다.

　소고기 국밥은 의령의 3대 음식 반열에 올랐고 아직도 쌀쌀한 초

호미산성 및 부잣길 안내판과 정상까지 이어진 계단　　　호미마을 뒤 호미산 꼬리에 있는 할배돌과 당산나무

봄의 추위를 잠재우는 맛의 '강편치'를 자랑하고 있다. 게트림을
하며 식당 밖으로 나오니 하오의 해가 벙긋벙긋 웃는다. 여기서 3
km 승용차로 5분 거리인 정암진으로 간다.

◆ 부잣길은 마음의 부자가 되는 길

　남강 나루터인 정암진은 의령의 관문으로 역사적인 숨결이 있
다. 1592년 임란에 곽재우 홍의장군과 의병이 침공하는 왜적을 격
퇴한 승전의 명소다. 역사는 이렇게 적고 있다.

　곽재우 집안은 대대로 부자였다. 임란 초기 곽재우는 경남 의령
군 정암진과 세간리에 지휘부를 설치하고 의령을 방어했다. 첫 전
투인 기강(남강과 낙동강이 만나는 나루) 싸움에서 왜적 배 11척
을 나포할 정도로 곽재우는 뛰어난 전략가였다. 곽재우는 전라도
를 겨냥한 왜적들이 낙동강의 정암나루로 쳐들어올 것을 예측하고
의병을 매복시켰다. 이윽고 의령 남원을 거쳐 전라도를 점령하기

한 가지 소원은 늘어순다는 납바위　　　기암설벽에 제비집처럼 앉아 있는 물양암

위해 왜장 안코쿠이 에케이가 정예병 2천 명을 거느리고 정암 나루에 나타났다. 왜적 선발대는 남강을 건널 수 있는 얕은 곳에 말뚝을 박아 본대가 도착하면 쉽게 남강을 건널 수 있도록 했다. 왜적의 의도를 간파한 곽재우는 왜적의 선발대가 철수한 후 말뚝의 위치를 진창으로 옮겨 놓았다. 왜적의 본대가 도착하여 말뚝을 따라 도하하니 길이 아니고 진창이라 군대의 대열이 엉망진창이 되었다. 이 기회를 이용하여 곽재우 의병군은 갈팡질팡하는 왜적을 공격해 큰 전과를 거두었으며, 이는 조선군이 왜적에게 육전에서 크게 이긴 첫 싸움이었다. 정암나루의 싸움에서 크게 이김으로 왜적의 전라도 진출 야욕을 꺾고 경상우도 지역을 지킬 수 있었다. 전라도를 지킨다는 것은 군량을 지키는 것이고 왜적의 조선 점령의 기본전략을 좌절시킨 역사적인 싸움이었다.

곡식 재물을 뜻하는 정암(솥바위)은 세 개의 다리 같은 기둥이 있다. 이것으로 정승에 버금가는 세 사람의 큰 부자가 태어난다는 전설이 있다. 이에 화답하듯이 정암에서 이십 리 길에 이병철 삼성그룹 회장이, 시오리 길에 LG 구인회 회장이, 십 리 길에 효성그룹 조홍제 회장이 태어났다. 의령군민은 정암을 큰 보물 솥단지로 여긴다. 이쯤이면 어찌 전설이 백일몽 같다고 하겠는가. 새 에너지로 충전된 하루가 간다. 재물 부자는 걱정을 짊어지고 가고, 마음 부자는 행복을 짊어지고 간다. 부잣길은 마음의 부자가 되는 길이다. 재물 부자도 좋지만 마음 부자가 더 좋다고 전해라.

신라
첫
궁궐터

남산 '삼릉 가는 길'
— 경북 경주

신라 천 년의 꿈속을 걸으면서 신라인이 되어버린 생애 잊지
못할 소중한 하루

신라 시조 박혁거세, 왕후 알영부인, 2대 남해왕, 3대 유리왕, 5대 파사왕의 오릉 정경

경주는 늘 꿈속에 있다. 구름 잔뜩 낀 하늘 어느 한 곳에서 쏟아지는 빛내림처럼, 천년의 도읍지 경주의 꿈은 자나 깨나 의식의 어느 한 곳에서 쏟아지는 빛내림이다. 세계사에서 천 년의 역사를 이룬 나라는 신라와 로마밖에 없다. 그 신라의 찬란한 문화가 깨어나고 잠든 곳, 삼릉에서 오릉까지, 남산 둘레 '삼릉 가는 길'을 걷는다. 나는 오늘 그 천 년의 꿈속을 걸으면서 얼마나 많이 깨고 잠들기를 반복하며 역사 속을 들락거릴 것인가.

◆ 꺼지지 않는 신앙과 신화의 불

전국에 남산은 아주 많다. 오늘 걷는 남산은 경주 남산이다. 남쪽은 불이다. 경주 남산은 경주의 꺼지지 않는 불이고, 신앙과 신화의 불이고, 역사의 불꽃이다. 남산 자락 삼릉에 우리나라에서 가장 아름다운 소나무 숲이 있다. 수령이 오랜 소나무로 울창한 숲은 거의 신비에 가깝다.

먼저 신라 55대 경애왕릉을 답사한다. 신라 마지막 왕은 56대 경순왕인데 그 능은 경기도 연천군 장남면에 있다. 그러니까 경주에 있는 신라 가장 마지막 왕의 능은 경애왕릉이 된다.

"경애왕은 927년 11월 포석정에서 제사를 지내고 여흥을 보내다가 후백제 견훤의 습격을 받았다. 견훤은 경애왕을 핍박해 자살하도록 하고 왕비를 강간했다. 그리고 그 휘하들은 비첩들을 유린하고 이윽고 경애왕의 족제(族弟)를 세워 임시로 나라를 보게 했으니, 이가 경순왕이다." 삼국사기의 내용이다.

삼릉숲에 있는 신라 55대 경애왕릉   포석정의 유상곡수연

  신라 천 년 사직을 이어온 경애왕은 신라의 장군이었던 견훤의
강압에 자결, 왕비는 유린당했다. 얼마나 처절하며 참담한가. 삼국
사에서 가장 비감을 느끼는 부분이다. 나라를 지키는 힘이 없으면
이런 꼴을 당한다.
  나는 마침 숲속에 있는 나뭇가지 하나를 주워 그것을 칼로 하여
자해 흉내를 내본다. 6·25전쟁 때 공전의 비극을 당하고도 아직
정신 차리지 못하고 있는 어리석은 지도자들, 북한이 핵무기로 목
줄을 물면 포석정의 비극보다 더 큰 비극이 온다는 것을 그들은 모
르고 있을까.

 ◆ 역사의 비애가 애잔한 포석정
지근거리에 있는 삼릉으로 간다. 마치 임신부의 배를 닮은 세 개

남산 산자락 삼불사 뒤편에 있는 배동삼존불

의 능은 주위의 소나무 숲에 둘러싸여 매우 아름답다. 봄의 소나무
향기와 능의 연둣빛 잔디는 관자놀이를 떨리게 한다. 신라 8대 아
달라왕, 53대 신덕왕, 54대 경명왕의 삼릉은 신라 역사가 얼마나
아름답고, 정신적인 것이었는지 엿보게 한다.

　삼릉 숲을 벗어난다. 나는 사람의 영혼이 만약 모습을 나타낸다
면 저 삼릉 숲이나 눈 덮인 천지가 온통 하얀 인제 원대리 자작나
무 숲 같을 거라고 생각한다. 우리는 물질문화의 늪에 너무 빠져버
렸다. 이제 역사의 혼과 영혼의 밧줄을 잡지 않고는 진흙 수렁에서
헤어날 수 없게 되었다.

　삼불사로 가는 이정목이 나온다. 상선암으로 가려면 산으로 바
로 가야 하고, 둘레길은 왼쪽 평지길로 간다. 흙도 좋고 숲도 좋고
걷기에 더없이 좋다. 도중에 망월사가 있어 들른다. 달을 본다는

절, 달을 봐야지, 달을 가리키는 손가락을 왜 보나. 마음의 달을 보는 것은 참 어려운 일이다. 마음에 뜨는 달을 볼 수 있다면 부처가 된다. 조금 더 걸으면 삼불사에 닿는다.

절집 뒤에 신라의 걸작품에 들어가는 배동 삼존불이 있다. 이 불상의 얼굴에는 부처라는 위엄도 거룩한 자비도 느낄 수 없다. 신라인들의 결 고운 심성과 정감이 가득 넘친다. 감동적인 삼존불이다. 가는 길마다 유적이 있고, 불교가 있고, 한참 잊고 있었던 감동이 있다. 조금 더 가니 태진지가 있다. 비록 작은 연못이지만 비밀의 숲에 살고 있는 요정의 놀이터처럼 얼마나 아담하고 포근한 분위기인지. 못 물에 유영하고 있는 이름 모를 새를 본다. 이름을 안다면 불러줄 텐데 이름을 모르므로 너의 아름다움은 내 가슴에서 영원히 헤엄치게 될 거야.

조금 더 걸으니 지마왕릉이다. 성은 박씨이고, 신라 6대 왕이다. 이곳도 얼마나 좋은 땅인지. 그 자리에 가만히 있어도 안식이 깃드는 명당터다. 여기를 지나면 포석정이다. 사적 제1호인 포석정은 신라 왕실의 별궁으로 역대 왕들이 연회를 베풀던 곳이다. 지금은 마치 전복처럼 생긴, 유상곡수연인 22m 석조 구조물만 남았지만, 927년 신라 55대 경애왕이 후백제 견훤군의 습격을 받아 최후를 마친 곳이다. 포석정은 역사의 비애가 트레커의 콧등을 시큰거리게 하는 애잔한 곳이다.

◆ 신라 최초 궁궐 창림사지

　마을로 들어서 성불사라는 표시를 따라간다. 20분 만에 창림사지에 닿는다. 전망도 뛰어나고 면적도 넓은 애두름은 한눈에 봐도 왕궁터의 기품을 지녔다. 지금 한창 발굴 중이라 산만한 풍경이나, 창림사지 석탑은 단연 크기와 작품성에서 우수한 신라 유적이다. 창림사지에는 신라 건국 최초 왕궁이 있었다. 박혁거세가 신라 초대 왕이 되고 처음 궁궐을 지은 곳이다. 신라 출발의 역사적인 궁터다. 나는 신라 최초 궁궐이 어느 곳에 있었는가 하는 궁금증에 늘 답답하였는데, 창림사지에서 그 현장을 확인하니 얼마나 기쁘고 만족스러운지 날아갈 것만 같은 기분이었다. 답사의 이런 기쁨은 트레커만이 갖는 특혜요, 행복이다.

　창림사지는 기원전 57년 시조 혁거세왕을 시작으로 5대 파사왕 22년, 즉 101년에 반월성으로 이궁하였다고 한다. 그 후 이 궁터에 창림사란 절이 세워지고, 그 창림사마저 역사의 뒤안길로 사라지고, 지금은 절터만 남아 트레커의 마음을 을씨년스럽게 한다. 그런데 이 석탑 앞뒤로 묘가 한 기씩 있다. 누가 감히 역사적인 신라 첫 궁터에, 보는 이마다 욕을 한다. 여기가 비록 명당이라 하더라도 저렇게 욕설이 쌓여간다면 발복보다 재앙이 나타나리라. 묘주의 이장을 기대한다.

　여기서 도로와 산길로 갈라진다. 나는 산길로 간다. 희미한 산길을 찾아 걷는 트레킹은 나와 자연이 하나가 되는 가장 순수한 시간이다. 이윽고 남간사지에 도착해 당간지주를 본 후 작은 계곡 옆으

신라 첫 궁궐터와 그 후 창림사가 있었던 창림사지 석탑

로 난 둑길 따라 일성왕릉으로 간다. 신라 7대 일성왕의 능도 역시 황금비례와 금빛 껍질을 가진 소나무 숲에서 그 아름다움을 은은히 드러내고 있다. 이제부터 포장도로가 나타난다. 산자락 아름다운 마을도로도 거의 대부분 포장되고, 시간은 멈추어 달라는 우리에게 눈 한 번 주지 않고 막가파로 흘러가며 환경을 바꾸어 놓는다.

양산재에 들른다. 신라가 탄생하기 전, 진한 땅 이곳을 여섯 촌이 나누어 다스리고 있었다. 그러다가 기원전 57년 6부 촌장이 알천 언덕에 모여 알에서 탄생한 박혁거세를 신라 첫 임금으로 추대했다. 이 해가 신라 건국 연대이다. 그 후 제 3대 유리왕 때, 6부 촌장의 신라 건국공로를 기리기 위해 6부에 각기 성을 내리게 하니 양산촌 이 씨, 고허촌 최 씨, 진지촌 정 씨, 대수촌 손 씨, 가리촌 배 씨, 고야촌 설 씨다. 이로 신라 여섯 성씨가 탄생해 각기 시조 성씨

가 되었다. 초등학교에서부터 배웠지만 전혀 알 수 없었던 장소, 6
부 촌장이 모여 박혁거세를 신라 첫 임금으로 추대한 곳, 그 성스
러운 자리에 지금 서 있다. 이제 머릿속에 안개가 걷히고 알천언덕
까지 역사체험으로, 궁금증으로 앓던 이를 뺐다. 양산재 아래 나정
이 있다.

◆ 신라 천 년의 꿈속을 걷는 길

6부 촌장이 신라를 다스리던 어느 날, 남산 기슭 나정에서 백마
가 알 앞에 있다가 하늘로 날아갔다. 환한 빛을 발하던 알이 깨지
고 남자아이가 나왔다. 커다란 박 같은 알에서 태어나 성을 '박'이
라 하고, 이름을 혁거세(세상을 밝게 다스린다)라 하였다. 박혁거
세가 13세 되던 해(기원전 57년) 6부 촌장이 임금으로 추대하고 나
라 이름을 서라벌로 하였다. 이로써 신라 건국의 아리송했던 운무
가 말끔히 걷히고 그 현장 탐방에서 샘물 같은 희열을 느낀다. 이
제 오릉을 향해 간다. 경주 시가지로 20분 내려가서 탑마을 신호등
네거리를 만나면 오릉은 지척이다. 경주 오릉은 신라 시조 박혁거
세, 2대 남해왕, 3대 유리왕, 5대 파사왕 등 초기 박씨왕 네 분과 혁
거세 왕후 알영부인 즉 다섯 분의 능으로 전해온다.

오릉을 탐방하고 오늘 트레킹을 마감한다. 현존하는 신라 초기
의 왕릉과 유적은 숨가쁜 감동의 드라마다. 오늘 트레킹은 신라 천
년의 꿈속을 걸으면서 신라인이 되어버린 생애 잊지 못할 소중한
하루였다.

거저산 접어들어
우거진 솔숲은
힐링길

팔공산 용호상박길
— 대구 동구

나뭇가지에서 새눈이 움을 트는 이른 봄날, 대구 동구 지묘동에
있는 신숭겸 장군 유적지는 천 년의 잠에서 깨어나 기지개를 켠다.

왕건길 중 걷기 좋도록 잘 정비한 열재로 가는 길

찬바람에 회초리 소리를 내던 나뭇가지에서 새눈이 움을 트는 이른 봄날, 대구 동구 지묘동에 있는 신숭겸 장군 유적지는 천 년의 잠에서 깨어나 기지개를 켠다. 팔공산 왕건길의 들머리이기도 한 이곳은 동수대전의 역사적인 장소다. 때는 후삼국 시절인 927년 11월, 후백제 왕 견훤은 대군을 거느리고 신라의 수도 경주를 점령, 경애왕을 시해한 후 김부를 경순왕으로 세우고 인질과 보물을 노획하여 회군한다. 이때 신라를 구원코자 고려 태조 왕건은 정예기병 5천을 지휘하여 후백제군을 추격한다. 양군은 공산 동쪽 은해사 입구 태조지(太祖旨)에서 1차 접전하여 고려군이 패한다. 태조 왕건은 후퇴하여 공산 남방 해안에서 중원군으로 당도한 신

팔공산 왕건길 들머리인 신숭겸 장군 유적지 풍경

숭겸·김락의 고려군과 합세해 지묘동 파군재와 이곳 일대에서 다시 크게 싸웠으나 대패한다. 당시 동수에 있는 동화사와 파계사 모두 백제계의 진표율종인 법상종에 속한 사찰이라, 신라 영토 내에서 견훤의 세력이 강한 곳이었다. 견훤은 이곳 스님과 향민의 정보를 바탕으로 지리적으로 유리한 야산과 파군재 일대의 언덕에 군을 매복시켜 고려군을 포위 공격한다.

고려군은 크게 궤멸하고 왕건은 목숨조차 위태로운 지경이 되었다. 이에 왕건 막하 신숭겸 장군이 묘한 지략을 내었다. 왕건과 자신이 갑옷을 바꿔 입고 김락 장군과 함께 분전하다 장렬히 전사한다. 이 틈을 타 왕건은 구사일생하여 겨우 탈출한다. 이 싸움이 바로 동수대전이다. 왕산은 왕건이 패해서 달아났다는 산이고, 지금 이곳에 있는 표충단은 왕건을 대신해 죽은 신숭겸을 기리기 위한 것이다. 지묘동은 그때 전사한 신숭겸과 병사들의 명복을 빌기 위해 지어준 절 이름 지묘사(지략이 심히 묘하다)에서 따온 동명이다.

◆ 용호상박길에서 노태우 전 대통령 생가까지

유적지를 나와 왕건길 중 1구간인 용호상박길을 걷는다. 홀가분한 바람이 지나간다. 찬 기운이 누그러진 바람은 서글서글한 눈매로, 곁눈질하며 지나간다. 어릴 적 고향 사랑방 화로에서 구워먹던 군밤, 군고구마의 혀 맛 같은 역사 전설, 천 년의 왕건길에서 입맛을 돋운다. 초봄의 감미로운 햇살을 녹이면서 걷는 한실골 가는 길은 자연과의 스킨십이다. 몇 개 굿당이 나온다. 오전인데도 굿을 하는지 꽹과리, 북소리가 들린다. 그 광경이 보고 싶어 찾았으나 쉽사리 찾지 못하고 다시 길을 걷는다. 죽은 자의 영혼을 부른다는 굿 소리, 영혼과 접신한다는 박수무당의 굿 풀이는 늘 신비다.

공기는 상쾌하고 봄은 골짜기와 산에 후백제군처럼 매복해 있다. 흐르는 계곡물을 막아 만든 못이 나온다. 대곡지다. 대곡에코 갤러리는 환경체험과 팔공산 왕건길의 역사와 문화가 살아있는 친환경 생태공원이다. 못을 한 바퀴 돌 수 있는 데크길이 너무 아름다워 감탄한다. 저렇게 고여서 거울이 되고, 생명을 기르는 자궁이 되는 못은 우리 감정이 접신하는 영혼의 굿당인지 모른다.

마치 옛 시골 퇴락한 와가 같은 대원사도 들른다. 스님의 독경소리가 들린다. 예불이다. 지심귀명례 삼계도사 사생자부 시아본사 석가모니불(至心歸命禮 三界導師 四生慈父 是我本師 釋迦牟尼佛: 욕계 색계 무색계의 스승이요, 사생의 인자하신 아버지이시고, 나의 스승이신 석가모니 부처님께 지극한 정성으로 귀의합니다.) 오랜 내공이 느껴지는 청아한 염불소리에 심신이 맑아진다. 다시 왕건길로 들어선다. 전국의 아름다운 트레킹 로드를 보고 장점을 취했다는 왕건길은 그에 걸맞게 뛰어나다. 가운데와 양쪽 가는 잔디로, 그 사이 유사시 차가 다닐 수 있도록 포장한 길은 실용적이면서도 구도가 예술적이다.

만디에 도착한다. 허덕이며 올라온 경사길과는 달리 시야가 확 터지며, 팔공산의 파노라마가 산 물결로 굽이친다. 산의 파문은 하

왕건길 중 열재 가는 길에서 만나는 둘레길이 아름다운 대곡지

늘로 흘러가 아름다운 큰 새가 된다. 대구의 새, 대붕이 된다. 팔공
산은 산이지만 하늘을 비상하는 대붕이라는 것을 이때 알았다. 두
근거리는 감동과 빨라지는 맥박을 추스르기도 전에 열재로 향한
다. 옛적 산짐승과 산적 때문에 열 명의 장정이 모여야 넘었다는
열재에 도착한다. 여기서 거저산 가는 길과 노태우 전 대통령 생가
가는 길이 갈린다. 나는 노 전 대통령 생가로 간다. 과수원과 밭이
있는 몇 굽이 길을 걸어 생가에 닿는다.

◆ 노태우 전 대통령의 삶을 느끼고
용진마을 위 끝자락 마치 한 마리 용이 도사리고 있는 듯한, 그

용머리에 위치한 생가는 마당 입구와 집 뒤편에 암괴가 박혀있고, 집터 주변에도 품격 높은 바위가 있어 명당터임을 한눈에 알 수 있다. 여섯 살이 채 안 돼 아버지를 여의고 홀어머니 품에서 자란 이 귀가 크고 어진 얼굴의 노태우 소년은 바로 이 집에서, 그의 몸에 밴 참고 용서하며 기다리는 것을 배웠다. 그는 이곳에서 열재를 넘어 다니면서 1945년 공산국민학교를 졸업했다. 할아버지 방, 아버지 방, 안방, 노 전 대통령이 태어난 작은방을 구경한다.

그는 1988년 2월 25일부터 1993년 2월 24일까지 대한민국 제13대 대통령을 하였다. 대한민국 대통령으로는 최초로 유엔총회에서 세 차례 연설하고, 미·일과 굳건한 유대를 다졌다. 특히 러시아, 중국을 비롯한 사회주의 국가들과 외교를 맺는 북방정책을 통하여 한국의 세계화 터전을 마련하였다. 북한과는 남북기본합의서, 한반도 비핵화에 관한 공동선언 등을 체결하고, 남북한 유엔 동시 가입을 실현, 한반도의 전쟁 위협을 예방하고 평화를 정착시켰다. 국내적으로는 주택 270만 호 건설로 집값을 안정시켰으며, 모든 국민이 의료보험 혜택을 받게 했다. 국가 100년 대계를 내다본 사회간접자본(SOC) 확충 계획을 세워 경부고속철도, 영종도 신국제공항 등을 착공함으로써 대한민국이 경제대국으로 성장할 수 있는 기반을 다졌다.

◆ 거저산에서 용수동 당산까지
노 전 대통령 생가를 나와 집 뒤 언덕길로 해서 팔공산 왕건길을

민속자료 제4호인 용수동 당산

찾아 걷는다. 이정표가 없어 마침 들에서 일하는 주민에게 길을 물어 거저산 가는 본길에 접어든다. 우거진 재래 소나무 숲길은, 게다가 낙엽만이 쌓인 그 정감 가고 맑은 길은 내 마음에 각인되어 상처를 씻어내는 힐링 치유길이 된다. 한차례 땀을 흘린 뒤, 해발 520m 거저산 정상에 자리 잡아 휴식을 한다. 사방이 조망되는 정상은 시간여행에서 공간여행으로 잠시 차원 이탈을 한다. 내려가는 길은 편하지만 아쉽다. 간혹 나뭇가지 선들선들 흔들며 오는 바람 속에, 돌아가야 할 마을이 너무 가깝게 보인다. 먼 산 그리메가 아직도 뒷덜미를 당기는데, 노란 덧니로 웃음 짓는 마을 돌담길 개나리가 반갑게 나를 맞는다. 어디서 왔는지 용수동은 승용차가 시끌벅적하다. 봄 미나리 믹으러 오는 차량이란다. 이 마을을 개척한

배씨 구씨가 마을 입구에 나무를 심고 돌을 쌓아 만들었다는 대구시 민속자료 4호인 용수동 당산을 탐방하고 귀갓길에 오른다. 아우슈비츠 가스실에 들어가면서 주기도문을 외운다는 인간, 그 실존을 역사산책에서 확인하는 팔공산 왕건길은 과거와 전설을 안전하게 전달하고 보존하는 저장고였다.

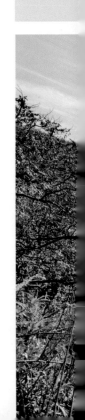

원시 냄새
풍기는
천년의 길

의신 옛길
― 경남 하동

섬진강 변 도로를 달리는데 안개가 자욱하다. 12월의 안개는
그대로 멍을 때린다. 시간이 안개 사이로 유령처럼 지나간다.

의신 옛길에서 조망한 아름다운 산군

시간이 안개 사이로 유령처럼 지나가고, 언제나 그렇듯이 하얀 안개는 흰 쌀밥처럼 추억에, 군침을 돌린다. 그 가난하던 어린시절, 어머니는 나에게 늘상 밥 타령을 하셨다. "밥 먹었느냐"고. 어머니는 그냥 밥만 챙기셨다. 하얀 쌀밥. 그건 곧 하늘이고, 안개였다. 그 후 어머니가 돌아가시자, 어머니도 하늘이고 하얀 쌀밥임을 알았다. 화개장터를 지난다. 시나브로 안개는 사라지고 12월 오전의 나목과 스산한 풍경을 통과한다. 그럭저럭 오늘 걸어야 할 의신 옛길 들머리에 있는 신흥(경남 하동군 화개면)에 도착한다.

2015년 시진핑 중국 국가 주석이 서울에서 열린 중국방문의 해 개막식에 보낸 축하메시지에서 최치원 선생의 시(詩) 호중별천(壺中別天) 두 구절을 인용해 큰 화제가 됐다. 그 시 두 구(句)는 이렇다. "동국화개동(東國花開洞-동방나라 화개동은)/ 호중별유천(壺中別有天-항아리 속의 별천지라네)"

이곳이 바로 그 시에 등장한 호리병 속 별천지이다. 참 멋있는 시다. 한·중의 우호를 위해 서로의 문화를 높여주는 시로써 한국을 칭송했다. 포장도로를 벗어나 신흥교 좌편 돌계단 '의신 옛길'을 걷는다. 길은 원시의 냄새를 풍긴다. 자연 그대로이다. 이름 모를 풀과 나무가 길을 이어가고 있다. 아래로는 계곡에 등 비비며 흘러가는 맑은 물이 투명하다. 저렇게 투명한 물에도, 시간은 물고기가 되어 함께 흘러가고 있을까. 에움길을 도니까, 거기에 산새가 나뭇가지에 앉아 지저귀고 있다. 아름다운 산새가 어떻게나 순식간에 허공으로 사라져버리는지. 오늘만은 산새 소리를 귀에 걸고 싶다.

간간이 바람이 분다. 바람은 이리저리 추억을 흔든다. 이쯤이면 산새도 바람도 어쩌면 길을 이어가는 시간의 띠처럼 여겨졌다. 이정표마다 서산대사 길이라고 되어있다. 트레킹 로드는 단시조 음계처럼 오르락내리락한다. 덩굴이 나무를 기어오르고, 때론 단풍들이 염색한 머리를 쳐들고 있다. 이렇게 걷는 것은, 내 안으로 걷는 것이다. 이제 자연을 통해 내 안을 들여다봐야 한다. 그리고 아름다운 자연이 내 안으로 스며들면 나는 언어 없이 나를 당신에게 보여줄 수 있다. 그뿐만 아니라, 당신이 걸어간 발자국에 아직도 남아 있는 낙엽 구르는 소리를 이제 들을 수 있다.

이곳은 호리병 속 별천지다. 이따금 길은 호리병 속에 들어가 곰비임비 옛이야기를 만든다. 서산대사 도술의자 바위가 나타난다. 임진왜란 때 왜병들이 의신사를 불태우고 범종을 훔쳐가려 했다. 이에 서산대사가 도술을 부려 범종을 의자 바위로 바꿔버렸다고 한다. 앉아본다. 그때마다 울리는 범종소리, 그 소리에도 어머니의 젖이 흐른다. 뎅그렁뎅그렁 범종소리는 모유를 빠는 소리다. 한낮의 해가 빛 내림을 하면서 활엽수 그늘을 만들면, 내 엉덩이 몽고반점은, 파란 하늘이 되었다. 앉아서 긴 손가락으로 서산대사가 다닌 이 길의 흔적을 서각해 본다.

서산대사(西山大師)는 조선 중종 15년(1520) 3월 26일 평안도 안주에서 태어났다. 아홉 살에 어머니를, 열 살에 아버지를 잃고 의지할 데가 없었는데, 그 고을의 원이 데려다가 한성 성균관에 넣어

의신 옛길에 있는 큰바위와 토종 벌통   의신 옛길에서 지나게 되는 산죽 로드

주었다. 그때가 12세. 그 후 스승과 제자가 함께 지리산에 유람을 갔는데, 의신에 있는 원통암에서 숭인화상(崇仁和尙)의 법문을 듣고 출가했다. 그가 16세일 때다.

8년 뒤 어느 마을을 지나다가 낮닭이 우는 소리를 듣고 어마지두 깨쳤다고 한다. 그때 낮닭은 어떻게 울었을까. 서산대사가 금강산에서 안거할 때 지은 삼몽가(三夢歌)는 우리의 현상을 적나라하게 나타낸다.

주인몽설객(主人夢說客) - 주인이 나그네에게 꿈 이야기를 하고

객몽설주인(客夢說主人) - 나그네도 주인에게 꿈 이야기를 하네
금설이몽객(今說二夢客) - 꿈 이야기를 주고받는 나그네와 주인이여
역시몽중인(亦是夢中人) - 그들 역시 꿈속의 사람일세

지금 이 자리도 한바탕 꿈에 불과하다. 꿈속에서 나비가 되었던 장자(莊子). 꿈꾸면서 나비가 되었던 나. 장자도 나도 나비도, 역시 꿈속에서 꾸는 꿈의 이야기이네. 자리를 턴다. 그 이전에 꿈인 줄 몰랐던 꿈을 꾸면서 나는 걷는다. 천 년 나이의 길 위에 거기엔 낙엽과 바람 외에 더는 아무것도 없다. 지금 걷고 있는 나 자신마저도. 잠깐 사이 감정이 허적대던 인적 없는 곳에서, 나는 망각에 젖어 오래 서 있었다. 그러구러 바람이 불어와 떠나자고 속삭이고, 어렴풋한 길 그 전설을 따라 걷는다.

민가가 나타난다. 아무도 없다. 주인은 어디 갔을까. 저 골짜기 물소리가 산안개 되는 그 어디쯤에서 약초를 캐고 있을까. 그가 있었다면 우리 역시 꿈 이야기를 주고받았을 터인데. 길은 더 편하고 아름답다. 토종 벌집이 보인다. 이 깊은 산골에서 꾸는 꿈은 꿀이 된다. 벌들이 잉잉거리지만 나는 내 안으로 한없이 걸어가 그 끝 어디쯤에서 나의 꿀을 따리라.

끝물 단풍이 무릎에서 아른거린다. 기울어진 오후의 햇살이 얼굴에 가볍게 내린다. 저 수도 없이 오고간 계절. 낙엽이 떨어진 곳에 물이 흐르고, 저 물이 겨울 해 지는 곳에 가서 밤을 만나면 은하수까지 흘러갈 것만 같다. 예전에 말발굽, 호미, 칼을 만들던 대장

간 터를 지나고, 주막터에 닿는다. 그 옛날 등짐 장수들이 전남 광양 등에서 생산한 소금과 해산물을 지고 벽소령 넘어 함양 쪽으로 팔러 다니던 길이자, 의신마을 주민들이 산에서 구워낸 참숯을 화개장에 팔러 넘나들던 길, 그리고 장터목 장날에는 지리산 준령을 넘던 길, 한때는 야음 타고 빨치산들이 오르내리던 길은, 옛길 그대로다.

길목에 주막터가 있다. 어디선가 노랫가락이 들리는 것 같다. 나는 가끔 그 남도 가락의 구성진 여운을 부여잡고 울 때가 있었다. 세마치장단의 호흡에 긴 소리가 아득해지면, 나는 늘 눈을 감고 내 목을 더듬어 보곤 했다. 아무려나 그 달빛에서 우려낸 막걸리 한 사발이면 한세상 건너기도 쉬웠으리라.

약간의 오르막 구간을 지나고 그 옛길을 허적허적 걸으니까 의신 마을이 보인다. 한국에서 가장 아름다운 길 중 으뜸이라는 의신 옛길을 거의 다 걸었다. 날머리 그 고즈넉한 풍경에 반달가슴곰 생태학습장, 베어 빌리지(Bear Village)가 그림처럼 있다. 문이 잠겨 있어 내부를 구경할 수 없다. 의자에 시부저기 앉아 옛길의 벅찬 숨을 고른다. 잠시 후 의신마을에 있는 지리산역사관으로 간다.

지리산의 화전민 생활상과 남부군으로 불리기도 하던 빨치산 토

옛 의신사 터에 자리잡은 아름다운 의신 마을

벌 작전과 그 전과에 대한 자료가 전시되어 있다. 1948년 6월 지리산 인민 유격대(빨치산)가 피아골에서 탄생했다. 같은 해 10월 25일 김지회의 지리산 유격대가 구례를 점령함으로써 유혈의 싸움이 시작되었다. 그 후, 지리산 인민 유격대가 남부군으로 편성되고 투쟁이 연이어졌으나, 여기 의신마을에서 10리 길이 조금 넘는 빗점골에서 1953년 9월 17일 남부군 총사령관 이현상이 사살되었다. 빗점골에는 이현상 최후 격전지와 아지트가 지금도 남아 있다. 그

불행한 역사 속에서 비운에 스러져간 토벌대 군경과 인민 유격대 남부군, 그리고 억울하게 숨겨간 애먼 양민들의 죽음까지 진혼하고 추슬러야 한다.

　의신마을 위쪽 덕평산 자락에 있는 원통암으로 간다. 서산대사가 출가하고 수도하였던 원통암. 12월의 낮, 닭 소리가 어디서 들려올 것만 같다. 하나가 끝나면 거기는 다른 하나의 시작이다. 끝과 시작이 맞물려 새로운 하나가 된다. 원통암 왼쪽 벽면에 서산대사 진영(眞影)이 있다. 서산대사가 자기 진영을 보면서 지은 임종게가 떠오른다.

　　　팔십년전거시아(八十年前渠是我) - 팔십년 전에는 네가 나이더니
　　　팔십년후아시거(八十年後是我渠) - 팔십년 후에는 내가 너로구나

　참으로 폐부를 찌르는 멋진 시다. '죽은 자리에 꽃 핀다' 라는 민요가 떠올랐다.

평균 기온
따뜻하고
가마솥 닮은 지형

부곡온천 둘레길
ㅡ 경남 창녕

아스스한 몸을 온천욕으로 풀면 애면글면 명약이 된다. 대구
인근 경남 창녕 부곡온천장으로 출발한다.

부곡온천 인근에 있는 안동 김씨 재실 영모재

문명병에 시달리는 현대인은 피로하다. 겨울철이 되면 시나브로 더 피로하다. 미세먼지가 잦고, 이상기후로 독감이 유행하며, 블랙 아이스가 운전자를 위협하는 겨울은 스트레스와 만성피로를 불러 온다.

경자년 흰 쥐해, 설날을 지나니 명절 증후군까지 스트레스가 되어 심신이 곤장을 맞은 것 같다. 이렇게 아스스한 몸을 온천욕으로 풀면 애면글면 명약이 된다. 대구 인근 경남 창녕 부곡온천장으로 출발한다. 입구부터 도로 양편으로 승용차가 빼곡하다. 마침 일요 일이라 온천장을 찾는 인파가 북적인다. 부곡은 사방이 수려한 산 이다. 트레킹 로드가 오소소하다. 먼저 트레킹 로드를 걷고 입욕할 예정이다. 그래서 원탕 앞에 있는 안동슈퍼에 들러 이 지역 트레킹 로드를 옴니암니 물어본다. 주인 김성규 씨는 본관이 안동 김씨이 고, 부곡에서 대대로 살아온 토박이 터줏대감으로, 이 지역의 향토 사와 지리를 꿰차고 있었다. 트레킹 로드를 찾는 물음에 그는 흔쾌 히 안내를 자청한다. 고마운 분이다.

부곡은 지형이 가마솥을 닮았고, 따뜻하여 거주지로서는 안성맞 춤이라 한다. 유황온천 사우나를 자랑하는 원탕 옆, 온천각 공원에 서 부곡 온천비(溫泉碑)를 찾아본다. 비문에는 "⋯동국여지승람과 동국통감 고려기에 영산온정이 기록되어 있어 오래전부터 부곡에 온천이 있었음을 알 수 있다. 이 마을(온정리)에는 옴샘이라고 이 름 붙여진 뜨거운 물이 솟아나는 우물이 있다는 소문이 전국에 전 해지면서 옴 환자와 나병 환자들이 떼 지어 와서 치료하였다"라고

돼 있다.

옛 기록으로 볼 때 부곡 수질이 다른 온천보다 뛰어났음을 알 수 있다. 부곡온천이 개발된 것은 신현택 씨에 의해 1973년 1월 10일 발견된 이후이며, 특히 국내 최대 규모와 최고 온도 78℃의 알칼리성 유황온천으로 피부병, 위장병, 신경통, 고혈압 등 질병에 탁월한 효과가 있고 물이 매끄러워 피부미용에 아주 좋아 1997년 1월 관광특구로 지정됐다.

등산 안내도로 옮겨가 설명을 듣고, 둘레길로 출발한다. 야트막한 장군산 자락 들머리에 "2020년 태권도 우수 팀 초청 동계 전지훈련 페스티벌 필승 선수단 여러분 환영합니다"라는 내용의 현수막이 걸려 있다. 연간 평균기온이 가장 따뜻하고, 78℃의 강 알칼리 온천수가 하루 6천t씩 솟아나는 부곡이 체육선수들의 전지훈련 장소로는 더할 나위 없이 좋다는 것이다.

눈자위가 아롱아롱하다. 겨울 햇살이 떨어지는 흙마다 온천수 김이 솟아나는 것 같다. 작고 예쁜 교회를 지나고, 역시 작고 아름다운 좌우 못을 지난다. 원래는 한 못이었는데, 못 가운데로 길을 내어 두 개의 못이 되었다. 두 개의 맑은 물에는 하늘의 구름이 잠겨 겨울의 흰 장미처럼 피어있다. 창녕국민체육센터. 선수들이 훈련하는 체육관도 지난다.

겨울바람이 분다. 바람은 자동센서가 되어 내 마음을 열어준다. 발자국마다 '내면의 나'가 나타나 같이 걷는다. 길은 도(道)다. 길은 사무치는 감동이다. 사람은 죽어서도 길을 간다. 저승길이다.

1 1864년에 지은 안동 김씨 재실 영모재
2 부곡 둘레길에 있는 태철암의 명약수
3 거문리에 있는 충의사 김인상 정려각

마른 풀들이 해바라기 하는 곳을 지나자, 영모재(永慕齋)라 부르는 재실이 나타난다. 재실 뒤로 애송과 수백 년 된 소나무가 우거져 그윽하고 오보록한 풍경을 만든다.

재실(齋室) 안으로 들어간다. 기와도 조선식 암수 기와이고 담도 흙과 돌을 층계로 쌓아 얼마나 고풍이 넘치는지. '영모재'라고 불리는 이 일자 기와집은 을축년(1864년, 고종 갑자년)에 지었다. 지금부터 약 156년 전이다. 그 후 1924년 봄에 재실의 원형은 보존하면서 일부를 중수하였다. 말하자면 조선 후기의 재실 건축 양식이 고스란히 남아 전해오는 아주 희귀한 건물이다.

세월의 이끼가 배어있는 재실은 검박하고 제례를 준비하는 공간으로 정연하게 보인다. 영모재 천장과 상량에 편액과 현판이 10여 개 걸려있다. 그중 영모재 중수기가 간명해 요약해 본다.

　　…영취산 한줄기가 동쪽으로 나와 종암산(宗巖山)이 되고 다시 구불구불 뻗어 검은산(劍隱山)이 되는데, 산 숲이 깊고 마을이 그윽하니 학문(學文)을 이루고 예(禮)를 지킬 만한 곳이다. 우리 어락정 선조, 즉 안동 풍천 병산리에 어락정(魚樂亭)을 지었던 김순(?~1559)의 증손인 김인상(1557~1592)이 임진란(壬辰亂)에 순절하신 뒤로 집안이 고난을 겪었다. 그의 증손 휘(諱) 필광(必光)이 예안의 서촌에서 칠곡의 교촌으로 우거하였다가 영산현으로 이주하게 되었다. 다시 필광의 증손 세 분에 이르러 드디어 문호가 크게 되었는데, 막내 동추(同樞) 곡암공(谷巖公) 이중(履重) 묘소가 그 중턱에 있다. 지난 고종 갑자년(1864년)에 현손(玄孫) 홍균(弘均)이 작은 재사(齋舍)를 지어 먼 조상을 추모하는 감회를 깃들이고 영모재라고 편액을 달았으니 대개 선영에 성묘하고 제사를 드리는 바탕을 삼은 것이다.

　알기 힘든 한문을 이렇게 해독하니 그 뜻이 곰비임비 무궁하다. 제사는 공자의 유학에서 온 것인데, 장히 제례와 학문을 인간의 최고 가치로 하고, 붉은 예절의 정신을 이어온 것이다. 영모재는 창녕군에서 가장 오래되고 훼손이 적은 재실이라고 김성규 씨는 덧붙인다. 장차 잘 보존하면 전통제례 관광자원이 될 수도 있다는 것이 그의 해설이었다.

　검은산 자락길로 걷는다. 수백 년 된 소나무 숲이 오후의 햇살에

홍살문을 만든다. 우금을 올라 태철암에 닿는다. 패널식 암자다. 여기서 기도하면 아들을 낳는다 하여 멀리서도 찾아온다고 한다. 약수는 물맛 좋기로 유명하다고 한다. 몇 차례 물을 들이켠다. 과연 다디달다. 겨울임에도 입술이 달착지근하니 옴나위없이 명수다. 그런 탓인지 신령스러운 기운이 감돈다.

잠시 숨을 돌리고 체육시설을 지난다. 고개티를 올라 뷰 포인트(View Point)인 큰 고개에 이른다. 새들에는 길이 세 개다. 바로 넘어가면 밀양시 무안면으로 간다. 왼편으론 영산으로 넘어가는 종암산이 보이고, 오른편은 덕암산으로 해서 내려가는 트레킹 로드다. 우리는 올랐던 길을 되돌아 직진한다. 그러면 거문리 마을로 가는 올레길이 된다. 낙엽과 나목, 간혹 불어오는 바람에 홀기(笏記) 소리가 들리는 것 같다.

누구라도 고향에서 자신의 뿌리를 찾고, 이웃과 고락을 나누면서 사는 것이야말로 진정한 삶이 아닐까. 우리는 뭘 어떻게 하겠다고 객지로 나가 떠돌며 방황하고 있는가. 마치 고향처럼 여겨지는 트레일을 걸으면서 회한과 속절없는 세월에 한탄해야 했다. 어디서 산새 울음이 들린다. 이제 소리도 볼 수 있는 나이가 되었다. 관음(觀音)이다. 이렇게 적요한 산속에서 나는 이제 나의 숨소리도 볼 수 있게 되었다.

거문리 서쪽 장군산 자락에 있는 정충각에 도착한다. 정충각은 상기에서 진술한 의사공(義士公) 김인상의 정려(旌閭)를 기리기 위한 각(閣)이다. 정충각의 비문을 요약해 본다.

…김인상(1557~1592)의 본관은 안동(安東)이고 자는 시백(時伯), 호는 학산(鶴山)이다. 임진년에 유종개 등과 의병(義兵)을 일으켰다. 김인상은 춘양 소천(노루재)에서 왜군의 침입을 막고 있던 중 적이 대군을 몰아 한꺼번에 쳐들어옴에 끝까지 창검으로 수많은 적을 무찔렀다. 그러나 마침내 왜적에게 생포되어 낯가죽이 벗겨지고 뼈를 쪼개 높은 나무에 머리를 거꾸로 매달아도 굴하지 않고 오히려 적을 크게 꾸짖으며 36세로 장렬히 전사했다. 이에 조정에서는 삼강록 충신전에 싣게 하고, 고향 안동 풍산 상리마을에 정려각을 세우게 하였으니, 상리마을 삼강당 칠정각에 공은 충신으로 여섯 분의 효자 열녀와 더불어 위령제향하고 있으며, 선조께서 친필로 창의 충절을 기리는 만사를 내렸다.

그 후 그의 후손들이 정려각만을 부곡으로 이건하였다. 이런 스토리텔링과 유적 및 유물의 체험을 통해 되살아나는 선조의 피와 뼈는 한국인의 영원한 정신이 되어 대를 이어갈 것이다. 이쯤에서 트레킹의 샹그릴라 부곡 둘레길을 마치고 원탕으로 향한다.

이 거리에 바치는
슬픈 목소리와
웃음

김광석 길
─ 대구

　오늘 그의 추모식도 볼 겸 김광석 다시그리기 길을 방문하면서
먼저 그 탱고를 들어야 그의 추모식을 가슴에 쓸어 담을 수 있는
힘을 얻을 수 있을 것 같았다.

김광석 다시그리기 길

그건 감미로운 탱고였다. 야자나무 아래 구릿빛 얼굴을 한 여인의 관능 같은. 저 햇빛 쏟아지는 아드리아해의 부서지는 파도 같은. 탱고는 흥분 그 자체였다. 그 끊임없이 끓어오르는 음악이 귓전에 걸릴 때마다 나는 공연히 헛기침을 컹컹 토해야 했다. 이곳 방천시장과 김광석 다시그리기 길의 초입에서 나는 서성거리며 휴대전화를 들여다보았다. 겨울 오전의 햇빛은 스산하고 황량했다. 도무지 사람의 마음에서 느끼는 따뜻함과 비록 메마르기는 하지만 아직은 남아있는 맨살 비비는 라포르(rapport)의 경청과 공감이 전혀 느껴지지 않았다.

현대 문명병의 소외와 냉정, 견딜 수 없는 그 무언가가 내면에서 자꾸 올라와 감정을 이리저리 마구 흐트려 놓았다. 그건 무서운 형벌이다. 이제 우리가 기대고 살아왔던 믿음과 신앙은 무너져 내리고, 그 믿음과 신앙에서 무성하게 피었던 사랑은 겨울 오후의 햇살처럼 힘을 잃어가고 있다. 그나마 인류의 역사에 생명을 공급하고, 빛의 에너지를 방광하던 사랑, 자비(慈悲), 인(仁) 등 구원의 언어들은 폐지처럼 고물상으로 실려 가기 시작했다. 그 자리를 소독약 같은 과학의 가공할 위력이 차지하고 이제 인공지능이 등장하여 인간의 가치는 더 상품화되고 물질화되었다.

우리에게 대화가 필요하고 의사소통이 절실할수록 현대사회는 더 분열하고 나 자신의 쾌락에 몰두했다. 이제 견딜 수 없게 되었다. 그래서 신의 자리에 마약이, 게임이, 성적 쾌락이, 술의 중독이 필요하게 되고 신의 음성을 전달한다는 종교마저 최면과 환상의 수준을 벗어나지 못하는 새로운 면죄부 판매장이 되었다. 그러나 엄청나게 발달한 과학과 물질문화가 새로운 신이 되어 신종 인간을 창조하고 있다. 김광석 다시그리기 길은 현대병의 상처가 투사되어 있는 현대인들의 다른 얼굴이었다.

오늘 그의 추모식도 볼 겸 김광석 다시그리기 길을 방문하면서 먼저 그 탱고를 들어야 그의 추모식을 가슴에 쓸어 담을 수 있는 힘을 얻을 수 있을 것 같았다. 휴대전화 화면에 나오는 자막과 한 쌍의 남녀가 추는 탱고는 적어도 이 순간에서는 나의 감정을 증류하는 전환의 힘이 있었다. "사랑은 값이 없는 것… 불도마뱀처럼 사랑은 불가사의한 것… 그리고 불새처럼 재 속에서 다시 태어나는 것… 망각의 물이 아니고서는… 너는 사랑을 팔 수 없어, 사랑은 그냥 주는 것, 육체가 눈을 뜨면 너는 걱정을 시작하지, 그러나 마음이 눈을 뜨면 너는 꿈을 꾸지…" 탱고가 끝나고 휴대전화를 주머니에 넣으면서 나는 심호흡을 했다.

방천휴게소 '낮술 환영'. 저렇게 낮술을 선전하려면 이태수의 시 '낮술'이라도 좀 걸어놓지, 그럼 훨씬 더 낮술에서 꿈속으로 걸어갈 건데. '로라방앗간 떡볶이는 로라에서'를 지난다. 이 역시 지나가리라. 길은 일직선으로 단순하나 다양한 벽화와 조형물로 구성됐다.

솔로 통기타 가수로 인기를 누린 김광석은 애석하게도 불과 33세의 나이에 스스로 목숨을 끊었다. 무엇 때문이었을까. 어떤 힘이 그를 그렇게 줄 끊어진 기타처럼 망가뜨려놓았을까. 그가 애창하

김광석 다시그리기 길의 벽화

던 '서른 즈음에' 가 벽에 적혀있다. 그 노래는 빈센트 반 고흐의
'까마귀 나는 밀밭' 의 이미지가 그려져 있었다. 가사는 "또 하루
멀어져 간다… 무얼 채워 살고 있는지, 점점 더 멀어져 간다… 비
어가는 내 가슴속엔 더 아무것도 찾을 수 없네… 떠나간 내 사랑은
어디에, 내가 떠나보낸 것도 아닌데, 내가 떠나온 것도 아닌데." 살
아생전 '노래하는 철학자' 란 별명답게 그가 남긴 노래의 가사를
음미하면, 멍한 눈동자에 우주를 주워 담는 바보스러운 성자의 해
학 같은 미해결의 쾌감이 있다. 그의 노래를 형상화한 조잡한 벽화
는 김광석 다시그리기 길의 퍼즐이고 재활이다.

　　"영원한 가객, 지금 이 거리에서 DGB금융그룹도 그를 기억하며

김광석 동상   김광석 다시그리기 길의 겨울 풍경

흐린 추억의 상념을 이야기 한다"도 적혀 있다. 사랑이라는 이유
로 하얗게 지샌 많은 밤들. 벽화를 따라 간다. 김광석의 음악세계
가 낳은 가사와 악보를 의식에 마구 퍼 담으며 그렇게 걸어간다.
'어느 노부부의 이야기'. 노부부의 뒷모습이 그려져 있다. 인생의
황혼에서 흔적은 뒷모습이다. "여보, 그때를 기억하오. 여보, 그 눈
물을 기억하오." 그때 그 눈물은 인생 황혼의 시(詩)이고, 누구라
도 갈무리하는 비밀창고의 블루스다. 바람이 불어오는 곳, 있어야

한다는 마음으로. 썰렁한 슬래브 벽에 주옥 같은 글들이 나열되어 있다. 김광석 그가 건너지 못한 세계, 그가 기타와 노래로 건너려고 몸부림친 생의 순간순간들이 음유시가 되어 상형문자가 되어 고착되어 있다. '너무 아픈 사랑은 사랑이 아니었음을' '먼지가 되어' '사랑했지만'. 솔로 통기타에 혼신의 정열과 영혼을 담아 부른 노래들이다. 그러나 그 노래들은 번번이 보이지 않는 장벽에 부딪쳐 돌아와서 허무하고 무의미한 메아리로 사라지곤 했다. 대체 무엇일까.

영혼을 다 태울 것 같은 노래들이 불꽃놀이를 하며 피어올라 대중을 환희케 해도 왜 끝없이 나락으로 떨어지는 존재의 허망감은 더 깊어만 가는 걸까. 김광석은 스스로 자기를 부정했다. 그가 선택한 자기 부정은 영원한 긍정으로 태어나는 그의 마지막 선택이었다. "그의 노래는 인생의 길목 우리가 지나는 문 옆에 있습니다."라고 말한 라디오 DJ 박학기의 말은 그래서 의미심장하다.

기타를 치고 있는 김광석 동상 앞에 선다. 나는 김광석의 기타 반주와 노래를 들은 적 있다. 그의 손놀림은 너무 현란하고 기교가 넘쳐 도리어 비애로웠다. 공간을 울리는 곡, 그 가사는 우리의 시간을 정지하게 하는 묘약이고 마술이었다. 그런 화음의 환상에서 죽음은 음악의 연속선상에 있었다. 음악과 죽음은 꿈이고, 꿈속의 꿈이었다. 인간은 자신의 고유한 세계를 버리고 스스로 만든 가공의 세계에서 자신을 속박하고 속이고 있는 것이다. 노래를 부를 때 그것을 알 수 있고 자유로울 수 있다. 그러나 노래가 끝나면 자기를 스스로 묶고 견딜 수 없는 박탈감에 다시 허우적거리게 된다.

　우리는 꿈을 꿀 때 꿈인 줄 모른다. 꿈속에서 꿈을 꾸기도 하지만 그 꿈을 깨고 나서 그것이 꿈인 줄 안다. 음악도 인생도 하나의 꿈이다. 너와 나도 지금 꿈을 꾸고 있는 것이다. 내가 이렇게 꿈 이야기를 하고 있는 이 사실도 하나의 꿈이다. 김광석은 꿈속에서 통기타 치고 노래를 부르다가 죽음이라는 새로운 꿈속으로 갔다.

　김광석 추모 콘서트를 하는 현장 야외 콘서트 홀로 간다. 제법 넓은 홀인데도 추모객이 그득하다. 김광석이 부른 '서른 즈음에', '이등병의 편지', '그녀가 처음 울던 날', '어느 60대 노부부의 이야기'를 부른다. 얼핏 듣기에도 상당한 수준의 가수다. 그러나 이 가수의 노래에는 김광석의 죽음이 알려주는 꿈의 신호가 없다. 차례로 시낭송, 퍼포먼스, 다시 김광석의 노래로 이어졌지만 김광석은 꿈속에서 현실로 돌아오지 않았다.

　추모 콘서트를 마치자 모두 돌아간다. 그러나 김광석의 노래는 시간이 흐를수록 우리들 가슴속에서 빛나는 별이 되어 반짝인다. 그토록 아름다운 멜로디를 길 위의 빛으로 옮겨 놓았다. 그토록 슬픈 목소리와 너무나도 환한 웃음을 지녔던 그에게 이 거리를 바친다. 이후 나는 또 김광석 길을 헤매야 하리라. 김광석처럼 뭔가 찾아 헤매다가 꿈을 꾸고, 노래를 부르다가 죽음이라는 꿈속으로 떠나는 이들을 찾아서 떠날 것이다.

가난한 시절
가슴 아리는
시골 풍경

마비정 벽화마을
― 대구 달성군

    달성군 화원읍 본리리 벽화마을. 35가구가 옹기종기 모여 사
는 산골오지 마을.

마비정 마을 들머리인 시골풍경의 벽화

봄 아지랑이 아롱거린다. 산과 들은 겨울잠에서 깨어나 심호흡을 한다. 시야가 멀어질수록 봄은 더 꿈틀꿈틀하며 꽃망울이 부푼다. 어차피 3월은 싱그러운 바람결에 머리를 감는다. 막힌 콧구멍을 탁 틔우는 미나리 냄새에 정신이 향긋하다. 화원을 지나면서 개나리, 버들개지가 자욱한 꽃샘바람으로 둔갑한다. 지금 저 들판으로 누가 오고 있는가. 사랑이란 화관을 쓰고 있는 화원은 꽃과 꽃 모양의 동산이다. 나의 겨드랑이에도 꽃이 핀다.

점점 약해지는 귀에 들리는 황홀한 물소리. 화원은 이른 봄에 떠나는 꽃 마중의 화전놀이터. 그 명성 짜한 남평 문씨 세거지 인흥 마을을 지나고 갈림길에서 좌측으로 간다. 마비정 마을 주차장에 도착한다. 들머리에 마비정 마을 유래와 관광 안내판이 있어 살펴본다. 달성군 화원읍 본리리 벽화마을. 35가구가 옹기종기 모여 사는 산골오지 마을. 궁벽한 삼필봉 자락에 동화나라의 질박한 그림처럼 벽화마을은 그윽하고 숭굴숭굴하다.

마비정 들머리다. 곰비임비 입체감의 초가집 전경, 담장에 그려져 있다. 지붕 위에 박이 주렁주렁 열려있고, 처마 밑에 매달린 메줏덩이, 마루 위 콩나물시루는 시골집의 정겨운 풍경이다. 담 너머로 고개를 빼꼼 내밀고 행인을 지켜보는 오누이의 뺑싯 웃는 익살스러운 모습. 부엌에서 군불 때는 엄마, 사발과 보시기에 쓰여 있는 복(福)과 희(囍)는 찬장의 간절한 축원이다. 할매와 엄마의 가족사랑은 장독간에도 있다. 부엌문을 열면 뒤뜰 장독간에 배흘림의 옹기들이 잔뜩 있고, 하루에도 수없이 들락거리는 할매와 엄마의 손맛이 있고, 밤하늘 북두칠성을 담아두는 정화수 한 사발의 치성(致誠)이 있다. 부엌과 장독간으로 이어지는 이 땅 어미들의 길은 밥을 하늘로 받드는 조왕신의 비손, 자식과 남편에 대한 애타는 한숨이 시나브로 서려 있다.

그 부엌에, 장독간에 얼마나 많은 어미들의 아픔이 켜켜이 쌓였는가. 남몰래 흘리신 눈물이 흙을 적시고, 잦아들던 밥솥의 김에 상처를 뜸뜨시던 흰옷의 여인들, 우리의 어머니. 물동이에 둥둥 뜨던 물바가지, 환한 달빛이 있고, 어미 소의 눈망울이 있다. 쇠죽을 끓이던 아이, 개밥을 챙기시는 할머니. 아버지의 나뭇짐이 아궁이에서 타고 방고래로 흘러가는 것 같았다. 배가 좀 허해야 몸이 편한 겨. 마음은 화롯불 같아야 모두가 따신 것이여. 어른들의 구시한 숭늉 같은 말씀에 무럭무럭 커가는 몸과 마음. 이어 절구, 외양간, 소여물 통, 우리나라 시골의 눈에 익은 풍경을 그림으로 그렸다. 이러한 궁핍한 시골 풍경은 가슴 아리다.

시골에서 자란 나는 추억에 날개를 달아 어린 시절로 날아간다. 광복되고, 6·25 난리가 휴전된 뒤, 1955년 초등학교에 입학한 나는 그때 시골의 뼈저린 가난을 잊지 못한다. 봄이면 춘궁기라 먹을게 없어 부황이 든 누런 얼굴의 마을 사람들. 말 한마디 하는 것도 힘들어하던 그 시절. 3월이면 들판으로 나가 나물을 캐 보리죽을 쑤어 먹던 배고팠던 시절. 그런 굶주림과 침묵은 도리어 우리를 경건하게 했다. 언어는 따뜻하고 작은 음식도 나눠 먹는 인정이 빈 그릇마다 넘쳤다. 그리고 들녘의 아지랑이는 꿈과 전설을 자극하는 환상의 신기루였다. 저 아지랑이 가물거리는 봄길 따라 예쁜 철이 누나도 옆집 윤이 식구도 모두 도시로 떠났다. 그들이 읍에서 버스를 타고 떠날 때 비포장 길에 펄펄 날리던 흙먼지는 마음의 아지랑이고 신기루였다.

길은 이어지고 담장은 추억의 얼룩버짐이다. 우물에서 등목하고 순번을 기다리는 아이들. 마을이 한 식구다. 불 피워 솥뚜껑에 뭔가 구워먹는 아이들. 소 등에 타고 소싸움 시키는 아이들. 뻥튀기 그림은 추억의 시간을 철벅거리게 한다. 뻥이오 하고 고함지르면, 어른도 아이도 귀를 막고 있다가 뻥 소리와 허연 김이 풀썩하고 풍기면서 강냉이 튀밥이 흩어지면 서로 달려들어 주워 먹기도 했다. 추억은 파노라마처럼 돌아간다.

외양간에 두 마리 소가 그려져 있다. 저녁 먹고 상현달 아뜩할 때 되새김하는 소의 워낭소리 사이로 까치발하고 날리는 총각들의 휘파람이 들리는 것 같다. 한번씩 '어메' 하는 쉰 소 울음이 들리고, 소꼴을 담은 바지게 부챗살 사이로 낫질하는 아이들이 보인다. 소의 정강이는 월식 중이다. 한밤중 내내 달빛을 되새김하는 소의

여물질. 소고기에는 달빛의 결이 있고 나이테가 있다. 소원 쪽지가 촘촘히 걸려있다. 무슨 소원이 저리도 많은지. 어린 시절의 시골을 떠올릴 수 있는 마비정 벽화마을이다.

방귀 뀌는 오빠, 귀를 막는 여동생의 벽화에서 푸후후후 웃음이 터진다. 방귀를 뀌면 코를 막거나 입을 막아야지. 해학이다. 배꼽 웃음이다. 춘하추동 사계절 그림도 있다. 사계절만 알아도 사람 구실한다. 철이 든다란 말이 여기서 왔다. 마비정 황토방 식당이 나타난다. 촌두부를 사먹는다. 돌맷돌에 콩을 갈아서 간수를 넣고 김 서린 촌두부를 만들면 집집마다 기별이 가고, 촌두부는 마을 가가호호 밥상에 오른다. 그런 미풍양속의 인정이 배인 촌두부 맛이다.

식당을 다녀간 유명 인사들의 사진이 있다. 담 벽에는 시인들의 시도 적혀 있다. 새 고무신을 신어보는 돌이 그림도 있다. 화원장 시오리길, 솔가비 한 짐 팔아 새 고무신 사서 돌아가는 돌이, 혹시 크지 않을까. 짚신 벗고, 가다가 도랑둑에 앉아 신어보고, 고개 마루에 앉아 신어보고, 보물도 그런 보물이 없다.

드디어 삼필봉과 대숲 가는 갈림길이 나오고 거북바위와 남근

갓 바위가 나온다. 크고 투박한 수컷 거북바위, 작고 아담한 암컷 거북바위, 이 거북바위에 빌면 수명 장수한다고 장수바위라 부르기도 한다. 오래 사는 것은 사람들의 영원한 소원이다. 개똥밭에 굴러도 이승이 좋다는 거다. 같은 장소에 있는 남근을 닮은 남근 갓 바위, 이 바위를 만지면 자식 없는 부부 자식을 갖는다는 설화가 있다. 마비정 정자가 있고, 길가 전주에 '행복'이 쓰여 있다.

행복은 어디에 있는 것일까. 사람들은 산 너머에 행복이 있다고 말한다. 행복의 파랑새를 찾아서 천리만리 헤매도 파랑새를 보지 못했다고 말한다. 행복은 과연 어디에 숨었을까. 우측으로 대나무 터널을 지나 돌아 나간다. 물레방아와 포토존을 거쳐 작은 광장에 선다. SBS 런닝맨, SBS 투데이 촬영지, TBC 매거진 T 스페셜 촬영

및 방영광고 사진도 보인다. 마비정 벽화마을은 그때 그 시절, 추억 어린 그리운 풍경. 소박하고 인정 넘치는 옛 시골 모습을 그대로 간직한 소중한 자원이다. 마비정 작은 책방, 청동으로 조각한 말을 거쳐 나오니 벽화길을 다시 만난다. 옛 학교 그림이 보인다. 의자 들고 벌서기, 난로 위의 도시락, 멍멍 짖는 강아지, 물지게 지기를 보면서 오늘 탐방은 타임머신을 타고 옛날로 돌아간 시간임을 깨닫는다. 그중 기억에 남는 한 가지 소원 문구가 있다. "와 그런 사람을 좋아하느냐고 물어 보지 마이소, 당신한테는 그런 사람이지만 나한테는 그 사람이 전부인 걸유."

날머리주차장에 오면서, 왜 우리는 지금 돈 따라 흘러가고 있을까. 평범한 사람들을 왕으로 만들던 소박한 사랑과 인정은 바람 부는 날 밀가루 날리듯이 날려 버렸다. 왜 그날들이 가야만 했을까. 아직도 옛 시골 고향마을을 떠나지 못하는 내 마음이 여기 마비정 마을 뜨뜻한 방구들에 시부저기 이불을 펴고 눕는다.

과거 여행 온 듯
흙내 가득한
돌담길

남평 문씨 인흥 세거지
─ 대구 달성군

4월은 고스란히 푸른 물결이다. 화원을 지나 인흥마을에 들어
서면서 눈망울 치켜뜬 들녘이 아뜩하게 푸르다.

인흥마을 소나무 숲

인흥마을로 걷는다. 경주 안압지를 본떠 만든 인흥원, 거기에 4월이 있다. 문득 생각하면 4월은 연둣빛 영혼들이다. 그 시리고 아팠던 세월이, 물결을 그리는 바람의 봄이 여기 배송으로 왔구나. 저렇게 달래 냉이 쑥이 자라고 나물 뜯는 여인의 가슴속, 4월의 사랑이 보이지 않게 나를 흔든다.

인흥마을 동구에서 먼저 사방을 살핀다. 신선이 비파와 거문고를 켠다는 비슬산에서 뻗어나온 천수봉(千壽峰) 기슭에 자리한 남평 문씨 세거지. 마을 앞으로 천내천이 흐르고 안산인 함박산도 고즈넉하다. 주산 천수봉이 바가지 모양의 둥근 부귀 봉이고 안산 역시 부드럽고 편안하다. 마을 삼면을 오행의 산들이 둘러싸 장원급제 어사화를 태운 마패의 말발굽 형태다. 풍수지리상 길지 중에 길지다. 북서쪽에서 부는 찬바람이 매섭다. 그쪽에 소나무 비보(裨補) 숲을 만들었다. 이 솔숲은 들녘과 마을을 구별하는 울타리 역할에 매서운 북서풍을 막아주는 방풍림, 터진 수구를 막아 부(富)를 가두는 수구막이 기능을 가졌다. 인흥(仁興)마을은 무(武)보다 문(文)의 기운이 왕성하다. 그것도 상생(相生) 활인(活人)의 힘이 서린 차원 높은 땅이다.

이런 하늘이 점지한 명당을 그냥 두겠는가. 이곳에는 아주 옛날부터 인흥사란 절이 있었다. 불교는 석가모니라는 대의왕(大醫王)이 깨달음이란 약(藥)으로, 생로병사의 고(苦)에 신음하는 병든 중생(衆生)을 치료하고 건져내 영원한 즐거움에 이르게 하는 비할 바 없는 종교다. 동물인 인간을 영원한 생명을 가지는 부처님의 경지까지 도달케 하는 인존(人尊) 내지 인문(人文)의 종교다. 절은 이 땅과 걸맞고 어울린다. 그런 탓인지 고려 말 일연(一然) 스님이 인홍사에 11년간 머무르면서 삼국유사 뼈대에 해당하는 역대 연표를 완성했다고 한다. 인홍 마을은 옛 인홍사 절터에 자리 잡은 만큼 아직도 마을 곳곳에 흩어져 있는 불교 문화유적이 고졸해 탄성이 절로 나오게 하고, 우리에게 '나는 무엇이며, 왜 괴로운가?'라는 현 존재에 대한 끝없는 의문을 던지게 한다. 그러나 어느 시대인지 몰라도 어느덧 인홍사는 없어지고, 빈 들판이 된 이 땅에, 19세기 중엽 남평 문씨인 문경호(文敬鎬, 1812~1874)가 개기(開基) 입향조가 되어, 처음으로 사람이 살기 시작했다.

인홍(仁興)이란 지명에서 인(仁)은 '하늘, 땅, 만물을 하나로 만드는 것' 또는 '온통 상냥하고 순한 것', '어떤 신분의 사람에 대해서도 똑같이 체면을 지키고 면목을 잃지 않는 것'이라는 뜻이다. 그리고 홍(興)은 '재미나 즐거움이 일어나는 감정'이니, 인홍(仁興)은 '어진 감정이 일어나는 것'을 의미한다. 말하자면 문(文)이 크게 홍하는 땅이다. 이곳에 문씨(文氏)가 자리를 잡았으니 이게 어찌 우연이라 하겠는가. 실로 인연의 땅이라 할 수 있다. 이쯤에서 나는 4월이면 나도 모르게 빠져버리는 T. S. 엘리엇의 '황무지' 첫 장 죽은 자의 매장 첫 구절이 주문(呪文)처럼 떠오른다. "4월은 가장 잔인한 달. 죽은 땅에서 라일락을 키워내고, 추억과 욕정을 뒤섞고, 잠든 뿌리를 봄비로 깨운다. 겨울은 오히려 따뜻했다. 망각의 눈이 대지를 덮고, 마른 구근으로 가냘픈 생명을 키웠다"를 입술에 굴려본다. 황무지로 변한 현대 물질문명과 인간사회. 4월의 푸른 속잎 돋아나는 나의 마음에 시(詩) '황무지'가 생명의 잠언이 된다.

아직도 죽은 땅에서 라일락을 키우고 잠든 뿌리를 봄비로 깨우는 땅과 마을, 인흥이 있다. 이곳에 정착한 남평 문씨의 시조 문다성(文多省)은 신라 말 분열된 후삼국을 통일한 고려왕조의 개국벽상공신이며 남평백에 봉해졌다. 전남 나주군 남평면 장자못 가 문암 바위에서 태어났다는 탄생 설화가 있다. 그 후손들은 고려 전기 유력한 문벌귀족으로 성장했다. 고려 의종 명종 때 명신인 충숙공 문극겸(文克謙). 목화씨를 들여와 우리 겨레의 의복 변화와 사회 발전에 가히 새 역사를 세우고, 이성계가 조선을 건국하자 고려에 절의를 지켜 은거한 충선공 문익점(文益漸). 고려조의 남평 문씨는 학문을 겸비한 덕망의 관료들이 많았고, 지조와 절개를 지키며 역사를 곧게 이끌어온 명문가였다. 조선조에 들어와서도 과거 급제자 38명을 배출했다.

남평 문씨가 대구에 온 것은 문익점의 9세손 문세근(文世根) 때부터이고, 대구에서 다시 달성군 화원읍 인흥리로 옮겨 터전을 잡은 것은 문세근의 9세손 입향조 문경호(文敬鎬) 때이다. 남평 문씨 본리 세거지는 1975년 경북도 민속자료 제3호로 지정되었다가 달성군이 대구로 편입, 1992년 5월 12일 대구시 민속자료 제3호로 재지정되었다. 사람이 거주하는 주택 아홉 대소댁 그리고 두 재실 광거당과 수봉정사가 정(井)자 구도로 줄맞춰 자리한 것이다. 어

인흥원

른 키를 훌쩍 넘는 흙 돌담길로 들어선다. 흙내 가득하고 새봄 새 꽃봉투 같은 길이다. 흙 담장은 돌 하나 흙 한 줌 허투루 흘린 곳이 없다. 시나브로 과거로 여행을 떠난 것 같다. 아름다운 봄 꽃과 노랑나비, 거기에 이삼백 년 된 소나무 회화나무 은행나무 노거수가 답사자들의 눈자위로 몽환처럼 흘러간다.

광거당에 들른다. 대문 열면 낮은 기와 토담이 보인다. 이 토담은 의미심장하다. 광거당 안을 분리하여 소통공간을 자유롭고 활발하게 한다. 살바람 흐름도 아늑하다. 사물 판단을 더디게

1 인흥 세거지 수백당 정경
2 광거당 돌담에 있는 아름다운 오죽나무
3 광거당 대문 안에 있는 토담 일명 헛담
4 인흥 세거지의 광거당 정경

하는 여유로움도 있다. 후손들에게 학문과 교양을 가르치고 문중의 공식 행사를 거행한다. 옛터를 살려 정남향이다. 수천(壽泉)이라는 우물과 모과, 매화, 벽오동나무가 망막에 수묵화를 친다. 광거당 전면 누마루 안쪽에 '고산경행(高山景行)' 행서 편액이 눈에 띈다. 시경(詩經)에서 따온 말이다. "높은 산을 우러르고 큰길을 따라가네(高山仰止 景行行之)" 즉 옛사람 중에 높은 덕이 있는 자 사모하고, 밝은 행실이 있는 자를 본받겠다는 것이다. 그들이 얼마나 덕행에 목말라했는가 글자마다 가슴을 적신다. 수봉정사로 걸음을 옮긴다. 우선 솟을대문에 두 마리 거북이 빗장 둔테가 있다.

정교한 귀갑문(龜甲門)이다. 장수(長壽)와 음양(陰陽)의 조화를 비는 건(乾)과 곤(坤)의 음양 괘가 새겨져 있다. 굴뚝도 앙상블하다. 원추형 주춧돌 위에 참죽나무 두리기둥, 기둥을 가로지르는 둥근 굴도리와 서까래 대들보 등, 눈이 화등잔 같아진다. 장인들의 안목과 기술이 곰비임비 정점을 찍는다. 나도 모르게 긴장감이 돌고 압도당한다. 1936년 지은 정사로 수백당(守白堂)이라고도 한다. 흰 것은 하늘의 마음이다. 하늘의 마음은 백성의 마음이다. 즉 사람이 하늘이고, 사람을 지키는 것이 하늘을 지키는 것(守白)이다. 우리는 흰 것, 즉 하늘을 어버이로 하는 백의민족이라고 나름 해석을 한다.

남평 문씨 문중 문고인 '인수 문고'도 관람한다. 8천500책(2만 권 분량)을 소장하고 있다. 민간 문고로는 전국에서 가장 많은 도서를 갖고 있다. 일개 문중에서 이렇게 거대한 문고(文庫)를 소장하다니, 저절로 고개가 수그러진다. 옛 인흥사부터 사용하였다는 고려정(高麗井)과 죽헌종택 수봉고택 보당고택 약산가 유당가 탄당가 춘정가 사죽헌, 현재 문희갑 전 대구시장이 거주하는 혁채가. 대소 아홉 살림집을 모두 둘러본다. 대구시 소속 강영옥 문화관광 해설사의 안내가 알뜰살뜰했다.

아련한 영남의 젖줄 낙동강이 둘러싼 화원, 하늘의 음악 비(琵)와 슬(瑟)이 울리는 비슬산 자락 생명의 땅에 인흥마을이 있다. 사람이 하늘이고, 인문(人文)이 하늘이다. 인흥마을 답사는 하늘의 사람으로 태어나는 타임머신 여행이었다.

마음의 눈으로 보는
알록달록한 마을
과거로 들어가는 문

감천마을
— 부산 사하구

마을버스 차창으로 '우리가 가꾸는 꽃길', '내 마음 풍선에 담아'가 보인다. 그윽한 낭만이 넘쳐난다.

감천문화마을의 독특한 풍경

들머리인 마을안내센터로 간다. 여성 안내원이 '감천 할배가 알려주는 알짜배기 코스, 니만 알고 있으래이'를 설명한다. 어떤 경우에는 짧은 시간이 긴 시간보다 더 깊은 의미를 지니고 풍요로울 수 있다. 일목요연하게 볼 수 있는 감천문화마을 스탬프 지도를 2천원에 산다. 1시간 20분 소요되는 B알짜코스를 정하고, 먼저 작은 박물관에 들른다.

감천(甘川)의 옛 이름은 감내(甘內)다. 감(甘)은 검(儉)에서 나왔고, 검(儉)은 신(神)의 고어다. 천(川)은 내를 한자로 적은 것이다. 직역하면 신(神)의 개울이다. 참으로 두려운 이름이다. 감천문화마을은 6·25전쟁으로 인하여 충청·전라도를 비롯한 전국의 태극도 신도들이 8·15 광복 이후 부산 보수동에 본부를 차리고 집단 피란 생활을 하던 중 화재 등 말썽이 생기자, 1955년부터 1960년대 초까지 천마산과 옥녀봉 사이 해발 200m에서 300m 지점의 산자락인 이곳에 집단 이주, 판잣집 1천 가구가 들어서면서 생겨났다. 계단식으로 질서정연한 공동 주거 마을이 특징이다.

이곳은 과거로 들어가는 문이다. 이 마을 속에서는 모든 것이 고정되어 보존된다. 이곳에서의 삶은 기쁨과 고통, 신앙과 죽음이라는 구원의 대극들로 가득하다. 당시 판잣집은 화재에 취약해 방화선 역할을 하도록 폭 6m 정도의 수직 계단을 3개소 설치하여 지금까지 남아있다. 처음 지은 판잣집은 1970년대 슬레이트 지붕, 1980년대 패널 및 슬래브 지붕으로 바뀌면서 변화되었으나 마을 특유의 골목길과 감(甘)으로 불린 도시 구획은 대부분 초기의 형태로 남아 있어 근대문화재적인 가치를 지니고 있다.

이곳에 정착한 태극도는 1918년 태극도 도주가 세운 증산교 계통의 교단으로 알려져 있다. 태극도 도주의 능소는 감천문화마을 천장길방지(天藏吉方地)에 있다. 감천 옛 모습의 흑백사진을 본다. 1957년 잘 계획된 감천동의 판잣집 거주 마을과 우물 앞에 줄지어 있는 물동이 행렬이 인상 깊다. 나도 과거에 대한 보물창고를 가지고 있다. 내가 했던 일, 사랑뿐만 아니라 절망과 시련까지도 기억의 창고 안에서 보물이 되어 있다. 사랑은 빛으로, 시련은 어둠으로 대비(對比)를 이루며 삶이 형상화되고 빛과 어둠이 섞여 기억의 오르가즘이 된다. 그러므로 과거는 의미이고 치료다. 과거가 불쾌하고 고통스러우면 병(病)이다. 감천문화마을은 의미 있고, 내방자를 치료하는 과거의 보물창고다.

하늘마루에 오른다. 의자가 있는 옥상 전망대. 감천문화마을을 다양한 시각에서 감상할 수 있다. 멀리 부산항과 감천항도 보인다. 자연 환경이 아주 뛰어난 풍수상의 대길지다. 여기 있는 느린 우체통에 엽서를 보내면 1년 뒤에 받아본다고 한다. 지나간 경험을 추억하는 것은 인간만의 권리고 즐거움이다.

◆ 감내 카페에서 사랑의 자물쇠까지

감내 카페를 지나친다. 움직이는 사진 상점을 둘러본다. '8초만의 부산여행, 감천마을을 한 권에' 는 기막힌 아이디어다. 게딱지처럼 다닥다닥 붙어 있는 상점들은 오히려 인정이 넘쳐나고 정겨

감내 옛날통닭집과 삼거리 과일상점의 형상화된 벽면

운 풍경이다. 여행객이 많이 지나간다. 외국인도 눈에 띈다. 일본
인·중국인도 많이 온다고 한다. 황금항아리 초콜릿 가게도 보고
'한번은 꼭 들르는 집'은 그냥 지나친다. 왠지 그러고 싶었다. 오
늘만은 선택의 자유를 누리고 싶었다. '어서 와 포트 카드는 처음
이지' 상점은 궁금하여 들러본다. 돌아 나와 걸어가니 적멸보궁
관음정사란 간판이 있어 멈추어 생각에 잠긴다. 이런 곳에 불교의
수도처가 있다니. 사람의 가장 밑바닥 삶이 가장 높은 삶이다. 끝
없이 아프고 늙어가며 죽어가는 것이 우리의 삶이다. 그 아픔의 소
리를 듣고 한없는 자비심으로 치유하고 만져주는 것이 관음보살이
다. 그러나 길을 가야 한다. 이 또한 지나가리라.

'두근두근 낭만 상점'도 본다. 레이저 각인 팔찌 만들기, 무변색

깔끔한 컴퓨터 작업, 커플 템이라 적혀 있다. 인간의 삶이 얼마나
다양하고 변화무상한가. 이럴진대 어떻게 해서 내 말만 참이고, 내
사랑만 로맨스인가. '수제 마카롱 아이스크림 점보'도 있다. 단어
가 예뻐서 소리 내어 불러본다. 입으로 불러보는 것도 먹는 것만큼
맛있다. 똥 빵, 똥 꼬야기, 캐릭터 아이스크림이 상표로 적혀있다.
먹기 전에 침이 고인다. '똥하고 빵하고'는 하나의 줄에 서 있는
다른 이름이다. 마찬가지로 삶도 죽음도 하나의 줄에 서 있는 다른
이름이다. 문화마을이라 그런 걸까. 이름마다 해학과 살아가는 깊
은 맛이 물씬물씬 풍긴다. 그냥 간판만 보아도 시간은 인간의 향기
를 풍기며 흐른다. 눈으로 먼저 마시는 블루 큐라소 레모네이드도
얼마나 곱고 하롱하롱한 간판인가. 꿈을 찾아가는 여행객에게 이

보다 더 좋은 시(詩)가 있을까. '사랑의 자물쇠로 사랑을 확인해요'도 본다. 그 사랑 때문에, 당신은 사랑 받고자 태어난 사람, 찬송가가 들려오는 것 같다. 사랑하고 미워하는 것도 하나의 줄에 서있는 다른 이름이다. 사랑하고 미워하는 것, 그 수렁에 빠져 얼마나 허우적거렸던가.

◆ 어린왕자와 사막여우에서 피니시까지

마냥 더 걷는다. 바다를 바라보는 '어린왕자와 사막여우'가 있다. 그 미적 구성에 감탄한다. 어린왕자와 여우가 다정히 앉아 있

다. 어린왕자는 금발에 초록색 상의를 입고 귀엽게 앉아 있고, 좀 떨어져 사막여우가 앙증맞게 앉아 있다. 그 돌아앉은 환상적인 뒷모습에 감탄한다. 어린왕자와 사막여우, 그 눈길을 따라가면 바다가 살짝 보이고, 그 너머 섬이 큰 별같이 떠 있고 반달 같은 골 안의 감천마을이 알록달록 모자이크로 보인다.

현실의 숨 막히는 사막 속에 살고 있는 우리에게 숨 돌릴 수 있는 오아시스가 되어 주는 사람, 사랑은 덧셈 뺄셈이 아니라는 어른을 위한 동화다. 어린왕자와 여우의 명대사가 귀에 들리는 것 같다. "아주 간단한 거야. 잘 보려면 마음으로 보아야 해. 가장 중요한 것은 눈에는 보이지 않거든" 우리도 언제 마음의 눈으로 가장 중요한 것을 잘 보게 될까. 등대 포토존에서 스탬프를 찍는다. 정지용의 시 '향수'를 역동적인 활자로 시각화해 벽을 꾸몄다. 조금 더 가면 벽면에 물고기 조형이 가득하다. 개인의 소망과 낙서를 적은 작은 물고기 수만 마리가 모자이크되어 벽을 타고 흘러간다. 각각의 얼굴만큼 다양한 각양각색의 마음이 저렇게 감천, 즉 신의 개울을 헤엄치는 물고기가 되어 낮은 곳으로 흘러간다. 낮고 작으며 다닥다닥 이어진 집들 사이의 골목여행이 감천문화마을 여행이다. 그 골목골목이 날줄 씨줄로 짜여 수수께끼처럼 미로를 만든다. 어느 곳도 놓칠 수 없는 여행이다. 바로 보물찾기를 하듯 골목골목 다니는 것이 온통 즐거움이다. 그리고 작품 감상이 바로 추억이 되는 길이다.

감내 작은 목간에 들어간다. 옛날 목간통을 그대로 조형화했다. 졸면서 수부를 지키는 아줌마와 탕에서 때를 미는 할아버지가 익살스럽다. 금빛 반달고개와 게스트 하우스를 설뚱하게 지나고, 희망의 메시지에서 스탬프를 찍고 감천문화마을 여행의 막을 내린다. 평화의 집에서 본 "평화는 다른 생각을 존중하는 것이다"라는 팻말과 그다음 무엇이 있는지 모르기 때문에 '미로미로 골목' 길은 훨씬 더 행복한 여행이 될 수 있었다는 두 가지 느낌이 아득한 여운을 그린다. 그리고 오늘 하루 나는 나 자신에 대해 마음껏 웃을 수 있었다.